凱登‧察森：雲杉林裡的靈體

這本中文紙本書乃專門為付費讀者製作。
請尊重作者權益，切勿任意修改、複製、刪節、轉寄或轉售其內容，
以免觸犯著作權法。

《凱登‧察森：雲杉林裡的靈體》
作者：鄺郁琁
（第二版）

2020 年由電書朝代製作發行

並由 Ingram Content Group 旗下之 IngramSpark 隨需印刷，推廣銷售

電書朝代 (eBook Dynasty) 為澳洲 Solid Software Pty Ltd 所經營擁有

網站：http://www.ebookdynasty.net/

電子郵件：contact@ebookdynasty.net

目錄

凱登・察森：雲杉林裡的靈體

第一章：拜訪凱登‧察森

　　凱登‧察森自認為自己是全世界最不起眼的人了。舉凡他的出生到他的家人，幾乎沒有一件事情值得大家把注意力放在他身上。但是就在剛才，一切似乎都改變了。

　　他呆坐在床上，手上拿著一封通知信，他的眼神空洞，腦筋完全無法思考。

　　五小時前……

　　每次都這樣！根本就不關他的事，誰知道是誰把查克‧安德烈的水壺故意打翻，還潑在他才剛畫好的美術作業上。每次只要班上出現這種怪事，班上的人就好像約好的一樣，將矛頭全部指向他。

　　連他的班導師，瑞秋‧史密，也認為他就是班上的禍源。凡是有家長到學校來抱怨自己的小孩在班上遇到了什麼不愉快的事，她就會把事情推到凱登身上。

　　說什麼是因為他的弗托舅舅，才會導致他也有一副暴躁的脾氣。鎮上的人只要一聽到弗托舅舅的名字，就不會再多說話。弗托舅舅跟他是這個鎮上最不想被提起的兩個人。

　　今天明明就是禮拜六，而且還是暑假，他卻因為放假前發生的那件荒唐事，必須浪費他的暑假，到學校被輔導。說好聽一點是輔導，其實就是要你一個人打掃完所有五年級的教室。

　　就在他掃完最後一間教室，準備要回家的時候，水桶竟然被在外面玩足球的學生踢過來的球給踢倒了，導致他又必須把流出來的水擦乾才能回家。

　　打從他有記憶以來，弗托舅舅（至少他是這麼稱呼他的）就一直跟他住在一起。小時候弗托舅舅跟他說，他會領養凱登的原因，就是因為每個月他可以從政府那裡領到補助金，再加上弗托舅舅的失業救濟金，還有他父母留給他的破房子，他們雖然不能過上好日子，卻至少有東西可以吃。

弗托舅舅是一個酒鬼，他把每個月領到的金錢幾乎都拿去買酒。喝完酒之後就會開始陷入自己的世界，自言自語地描述他身上的疤是怎麼來的，或是講一些凱登從來沒聽過的人名。

像是，「去告訴他，有一天他會有報應的！」或是「歐克，你為什麼就是不肯說實話呢？」這些話凱登一天可以聽超過十五次。

凱登認為，弗托舅舅除了醉酒以外，還有一點精神疾病。說實在的，一個人每天喝酒，又沒有人可以跟他說話，他不會沒病才怪。

凱登今年已經要十二歲了，卻只知道自己父母的名字。伊恩・察森，還有他的母親，戴絲・察森。小時候他試著問弗托舅舅有關他父母的事，弗托舅舅卻只跟他說，他父母在冬天下大雪的時候去爬山，遇到山難，而他當時只是個一歲大的小嬰兒。凱登試著問出有關他父母更多的事情時，弗托舅舅就會開始裝瘋賣傻地咆哮：「是尤葛雷！就是他！這一切都是他做的！」然後就拒絕回答凱登的任何問題。

弗托舅舅的全名是，弗托・紮審。年輕時，他的父母其實留下了一筆巨大的遺產給他，但他一點也不懂得珍惜，整天遊手好閒，漸漸把自己擁有的財富一直揮霍掉，之後就把歪腦筋動到領養小孩上。當然，在他決定要領養凱登的時候，他所剩的錢雖然和一開始相比的時候已經不多了，但仍然足夠讓政府信服他有這個能力來扶養他長大。

而在凱登成長的這段時間，弗托舅舅已經把本來就不多的遺產賭個精光，他唯一還剩下的，就是這棟父母留給他的破房子。

凱登每天唯一的樂趣就是離開那棟稱不上家的房子。比起跟弗托舅舅在家裡，他寧願去學校。雖然在學校他也沒有任何朋友，大家都因為害怕弗托舅舅而選擇孤立他，免得哪天弗托舅舅又發神經，跑到別人家大發雷霆，連鎮上的警察都拿他沒輒，把他們倆個當成瘋子來對待。

現在是雨水豐沛的八月。天空從早上開始就飄著毛毛的細雨，貓旅鎮每年一到八月就會陰雨綿綿。這時弗托舅舅的脾氣就更壞了，因為他的腳傷讓他沒有辦法自己出去買酒，一定要等到凱登蹓躂回來，順道到鎮上的商店買酒回來給他喝。

貓旅鎮是個小地方，沒有人會因為凱登才十二歲就不賣酒給他，更何況，大家也都知道他有一個脾氣很差而且動不動就自言自語、大發雷霆的舅舅。

掃了一整天的教室，現在是下午三點，他終於可以回家了，凱登生氣地把水桶丟進儲藏室。心裡還咒罵了一次查克·安德烈跟其他當時在一旁幫腔的人。他撐著他的破雨傘，先繞到商店買了半打啤酒，然後快步走回家。今天的貓旅鎮，跟平常好像有些不一樣，總覺得有一股詭異的氣氛瀰漫在街道。

首先，他看到一個男人，穿著暗紫色的斗篷站在離他家不遠的消防栓旁邊。他本來不以為意，但是他發現這個男人的斗篷和一般的不太一樣。他的斗篷非常漂亮，凱登從沒見過做工這麼精緻的斗篷。應該是說，華麗。為什麼一名看起來很有錢的男人要站在消防栓旁邊，一動也不動，只是盯著它看呢？

再來，他發現今天路上的街道好像被打掃得特別乾淨，貓旅鎮只是個小鎮，根本不會有人花心思來打掃大家共用的街道。

最讓凱登不解的是，他看到一隻蝙蝠倒掛在鄰居胡琳太太的屋簷下。

「貓旅鎮出現蝙蝠？」凱登心想。「或許先前那個男人在等人，卻被放鴿子？」凱登困惑地邊走邊想。

他才一進門就發現弗托舅舅已經快沒耐心了。

「小子，酒呢？」弗托舅舅沒好氣地問，他總是叫他小子，凱登常常懷疑他到底知不知道自己的名字。

「在這裡，弗托舅舅，」凱登小心翼翼地回答。

他把啤酒放在已經堆滿酒瓶的桌上，看了一眼弗托舅舅，懷疑他是不是從早上到現在都沒移動過半步。

「就這麼點？你找死！這不到兩小時，我就可以喝光了！」他對著凱登大吼。

每次弗托舅舅都會這麼說，但他每次才喝半小時就倒下睡著了。

晚上八點，外頭雨越來越大了，凱登匆忙地把桌上的空酒瓶裝進垃圾袋，放到院子裡的桶子後，草草地吃完家裡剩下的三明治，就準備上床睡覺。他的房間是房子裡唯一的小閣樓，他會選擇睡在這裡，是因為每天早上從窗戶曬進來的陽光可以把他弄醒，這樣他上學才不會遲到，他連鬧鐘都沒有。

凱登看著窗外的大雨，但他忽然眼睛一亮。那個男人竟然還站在那個地方！而且他連雨傘都沒有。

「他到底在等誰？」他心想，他盯著那個男人幾分鐘後，決定出去問他。但他可不能被弗托舅舅發現，否則鐵定會招來一頓打。

他小心翼翼地走下滿是裂痕的木製樓梯，悄悄探出頭看弗托舅舅是否還在客廳裡。果然，弗托舅舅已經喝到睡死了，而且還發出微微的鼾聲。

凱登拿了屋子裡唯一的一把雨傘，偷偷地打開大門，撐著雨傘，朝著雨中的男人前進。

「先生，你還好嗎？」凱登終於開口問他。

但是這位先生看起來一點都不驚訝有人來跟他搭話。

凱登發現，他的拐杖也非常漂亮。他從來沒有看過這麼精緻的拐杖。

「這是個很特別的夜晚，」這位先生忽然說。

「抱歉？」凱登以為自己聽錯了。「你需要雨傘嗎？」

「你覺得我需要嗎？」他竟然笑了。

凱登實在不懂他的問題。他站在雨中一整天了，怎麼會不需要雨傘呢？他看著這位先生，露出疑問的表情。但他很快地發現，這位先生的斗篷竟然是乾的！不只這樣，他覺得斗篷好像還散發出微微的熱氣。

「我很高興你察覺到了，」他再次微笑地看著凱登。

凱登說不出話，只是露出驚奇的表情看著他。

「我必須說，比起其他第一次看到的學生，你的反應真的冷靜多了。昨天丹‧維諾見到的時候，差點把附近的鄰居都吵醒了呢，」這位先生還是保持輕鬆的態度在跟凱登說話。

「我不了解您的意思，先生。」他沒有說謊，他是真的不了解他的意思，他也不知道丹‧維諾是誰。他在貓旅鎮住了快十二年，卻從來沒聽過這個人的名字。

「我的名字是戴爾，你可以叫我戴爾教授。在學校，大家都是這麼稱呼我的，」他自我介紹道。

「教授？」凱登還是不懂。

「我已經在這裡觀察你一天了，我想，你應該有發現，」戴爾教授平靜地說著，好像這一切都是理所當然似的。「我必須說，當你發現我在這裡時，我的心裡還冒出冷汗，畢竟，目前我們被發現的最短記錄只有五分鐘。」

「你在這裡觀察我一天了？」凱登問。

「沒錯，你難道要告訴我，你沒有發現『釣尾』在你附近？」

「釣尾是誰？」凱登又多了一個疑問。

「抱歉，我忘了說，就是早上被你看到的蝙蝠。因為牠很敏感，我還得先使用『無無淨』來清掃一下你們的街道，」戴爾教授苦笑著說。

凱登不需要再做任何表情，戴爾教授就看穿了他的疑問。但他並沒有任何不悅，反而好像很享受這種讓人充滿困惑的感覺。

「我想，我先把重點告訴你，或許會比較好，是吧？」他眨眨眼睛繼續說。「凱登‧察森，我是來通知你，你今年九月要進入海佩斯特魔法學校上學。」

看著面無表情的凱登，戴爾教授繼續說道：「海佩斯特是一所魔法學校，專門教導你成為一名傑出的巫師。」

「你在開玩笑？」凱登覺得這一點都不好笑。他可從來都沒有報名過什麼魔法學校，更不用說弗托舅舅了。他巴不得凱登不去學校，每天才可以幫他買更多的酒。

「我知道這聽起來很荒唐，特別是你跟『他』住在一起的時候。但我說的是一件真實而且即將要發生的事情。」戴爾教授從口袋裡拿出一封信。

凱登把信翻過來，信封上寫著：

凱登・察森

目前監護人：睡在天藍色破沙發上的弗托．紮審先生

貓旅鎮 102-7 號

12 歲入學，距離 12 歲還有 18 天，3 小時，46 分鐘。

距離海佩斯特校車出發時間還剩下 18 天，12 小時，14 分鐘。

登記日期：不詳

凱登看著信封上的字，一時說不出話來。

這的確是他的名字跟生日。但是，為什麼寄信的人會知道弗托舅舅會睡在天藍色的破沙發上？

「難道你還不相信？」戴爾教授問。「你再看一次信上的字。」

凱登低頭再看了一次信封。

凱登・察森

目前監護人：睡在天藍色破沙發上的弗托．紮審先生

貓旅鎮 102-7 號

12 歲入學，距離 12 歲還有 18 天，3 小時，46 分鐘。

距離海佩斯特校車出發時間還剩下 18 天，12 小時，12 分鐘。

登記日期：不詳

信封上的時間竟然在倒數？這太荒唐了。

「聽著，凱登，我知道你一時之間無法相信。難道你不覺得，只有你一個人會發現釣尾嗎？一隻蝙蝠在白天的時候飛來飛去，竟然都沒有人發現？」

　　凱登現在想想，確實是很奇怪，他今天不只一次看到那隻蝙蝠，而且按照胡琳太太的個性，她一發現有蝙蝠倒掛在她的屋簷下，肯定會大驚小怪地大叫到附近的鄰居都跑出來看。

　　「只有我看得到嗎？」凱登喃喃地説。

　　「不，其他人也看得到，只是我吩咐釣尾，這段時間只能讓你一個人注意到牠，」他回答。

　　「但是，怎麼都沒有人跟我提過這件事呢？還有，我根本不會什麼魔法，為什麼這信上會有我的名字？」

　　「你的父母已經過世了，不是嗎？」凱登發現戴爾教授説這句話的時候有點在逃避他的眼神。

　　「你認識我的父母？」凱登小心地問道。

　　「是的，我認識……伊恩跟戴絲……」他緩緩答道。「但今天我不能跟你討論這件事情，很抱歉，」他看到凱登失望的表情後説。「相信我好嗎？」

　　凱登點點頭。「我可不可以問你一個問題？」這已經是凱登今晚不知道第幾個問題了。

　　「可以，」戴爾教授説。

　　「沒有錢，我也可以去上學嗎？」凱登身上沒有半毛錢，他全部的錢都已經被弗托舅舅拿去買酒了。

　　「當然可以，」他發現凱登不是要問關於他父母的事，似乎有點鬆了一口氣。「你的父母留了一筆錢給你，就放在『望閣甍』，也就是巫師銀行。」

　　凱登沒説話，點點頭。

　　「明天，我會帶你去『側彎左道』，買齊你到海佩斯特需要的東西，」戴爾教授繼續説道。

　　「謝謝……」凱登想不到其他話來回答，他也不想説，他根本不知道什麼是「側彎左道」。

「別客氣，其實照理說，應該是由你的監護人帶你去，但看來，你的弗托舅舅似乎不太可能帶你。至於你要去海佩斯特上學的事，你認為你有辦法跟你舅舅說，你要離開一整年嗎？」

「這……」凱登連想都不敢想，弗托舅舅知道他要離開一整年，會有多大的反應。

「沒關係，學校會再想辦法，」戴爾教授似乎不覺得這是個大問題。「現在，你必須回去了，明天我會再來找你，好嗎？」

「好，我知道了。」凱登不想承認，他已經筋疲力盡了。

「那麼，晚安，凱登，這是個很特別的夜晚，」戴爾教授看著他說，然後舉起手，他的食指上有一個像是套子的東西，還有一顆閃亮的紫色寶石。「瞬瞬移。」凱恩只看到一陣煙霧，戴爾教授已經消失不見了。

凱登不知道他是怎麼回到他的房間裡的，也不知道弗托舅舅是否有發現他跑出門。

凱登的頭腦好混亂，他拿著通知信，連衣服都沒有換，回想著不到一小時之前發生的所有事情。不知道過了多久，他睡著了。

凱登生平第一次夢到了他的父母，他們似乎在對他說話，但是他聽不到他們在說什麼，只是一直追趕他們，他好累，好累。他希望他們不要離開他。

戴爾教授說得對，這是個很特別的夜晚。

第二章：側彎左道

　　凱登不知道自己是怎麼醒過來的，是被窗戶照進來的陽光曬醒，還是被弗托舅舅打破酒瓶的聲音吵醒。

　　他朝著窗外看，發現昨天來找他的戴爾教授，已經站在跟昨天同樣的地方。

　　「原來這真的不是夢，」凱登自言自語地說著。他急急忙忙地穿好衣服，連一句話都沒跟弗托舅舅說，就出門了。

　　「早安，先生，」凱登走到戴爾教授身旁說。

　　「早安，凱登，我希望你有帶著你的入學通知信，」戴爾教授回答。

　　「有，在我的口袋裡。」事實上，凱登從昨天晚上就一直把那封信放在他的口袋裡，連拿都沒有拿出來。

　　「太好了，那我們走吧，」戴爾教授說。

　　「我們要怎麼去？」凱登問。

　　「進入側彎左道的方法有幾種，」戴爾教授解釋。「但是因為你是新生，又還沒有成年，所以只有一種方法可以進入側彎左道。」

　　他們走了不知道多久的路，一路上，凱登和戴爾教授都沒有說半句話。

　　「就是這了，」戴爾教授停在一道石階梯前面。「從這裡爬上去。」他意示著讓凱登跟在他後面一起往上走。

　　凱登邊走邊看著四處，石階梯的兩旁種滿了他沒看過的植物，還有他沒看過的小蟲子，在植物附近飛來飛去地打轉。

　　他們停在一棵柳樹前面，柳樹的枝條多到把前面的路都擋住了，無法再繼續前進。

　　「來，你的入學通知信——很好，」他看到凱登已經把信打開。「有沒有看到右上角的編號？——沒錯，就是那裡。」

凱登把信的右上角翻起來。

「把信的右上角拿好，放到最右邊的枝條附近試試看，」戴爾教授解釋。

凱登心想，這動作太荒謬了，但他還是照著做。有一根小枝條忽然動起來，它上面的葉片好像在掃描入學通知信上面的編號，開始發出微微的亮光。

「凱登‧察森，歡迎來到側彎左道，」不知道從哪裡傳出一個女人的聲音。

接著，眼前的一大片枝葉就像被人使了什麼魔法一樣，從中間往兩邊散開，露出了後面的道路。

「走吧，」戴爾教授走在前面。

凱登從來沒有看過這麼多奇奇怪怪的景象。道路兩邊滿滿的都是人，大部份都和戴爾教授一樣穿著斗篷，只有極少數的人和凱登一樣穿著一般人的衣服。

「接近開學時間，這裡就會像現在這樣擠滿了巫師，」戴爾教授從他的斗篷內袋裡，拿出一小包布袋。「我希望你不介意，『德樂米特』擅自幫忙把你這學期所需要的錢先領出來了。」

「喔，不會的，沒關係，謝謝。」凱登接過他手中的布袋，感覺裡面裝了不少錢。

「因為今天要辦的事情有點多，之後有機會的話，你可以自己去望閣覺領錢，」戴爾教授說。

「我可以自己去嗎？」凱登好奇地問。

「當然了，一般來說，如果你只是去領錢就沒問題，」戴爾教授說。「不過，如果你要進入屬於你自己的望閣覺，就要提早預約，目前，你應該都還不用進入你的望閣覺才對。」

「我也有自己的望閣覺嗎？」凱登驚訝地說。

「那是你父母的，但是現在，已經是你的了，」戴爾教授停了一下，繼續說：「好，你首先必須買的東西是『環爪』。走吧。」

戴爾教授帶著凱登來到艾金・智克多的店。

凱登一進門就看到店的中間擺著一個像是石頭大水盆的東西，裡面飄著煙霧，還散發出冷冷的氣體。

「早安，」一個聲音忽然說道。

凱登花了三秒的時間才發現聲音是從哪裡發出來的，顯然這位老先生剛從一個放滿東西的櫃子後面走出來。

「早安，智克多先生，」戴爾教授回答。「這是凱登・察森。」

智克多先生是一位戴著眼鏡、頭髮棕色的老人，胸前還掛著一個大大的青銅色懷錶。

「啊，是的，察森先生，我已經等你很久了，歡迎你來。」智克多先生露出笑容。

「等我？」凱登露出疑問的表情。

智克多先生笑了出來。「沒錯，每當一位新的巫師誕生，我就開始等待他們來挑選『環爪』的那一天，現在，請你伸出手來。」

凱登照著他說的話做。

只見智克多先生用他的眼睛掃過凱登的整隻手，隨即舉起自己的手，他的食指跟戴爾教授一樣，有個指套，然後他開始喃喃地說著一串凱登聽不懂的話。

智克多先生身後密密麻麻的盒子開始移動，它們井然有序地更換位置，直到四個盒子飄浮到智克多先生身後。他把四個盒子都打開，拿出跟他手上的指套長得差不多的四個套子，每個套子的前面都有一個小凹槽。

「現在，請你試試這支環爪，察森先生。」他拿起第一支環爪給凱登。

「呃……」凱登愣愣地看著前面的四個環爪，不確定要怎麼做。

「喔，抱歉，請讓我來幫你。沒關係，很多人第一次都會不知道要如何戴上環爪，」他親切地說。「其實很簡單，只要套上你的食指就行了，像這樣。」他將第一個環爪套上凱登的食指，凱登感覺當環爪套上的那一刻，他的手指好像被吸附住了一樣，環爪上的凹槽也剛好就在食指指甲的地方。

「非常好，」智克多先生好像很滿意。「再來，請試試這支環爪。」他拿起第二支環爪。

這一次，凱登直接拿起那隻環爪，套進自己的手指。他覺得環爪好像在微微地顫抖，他知道那不是他的手因為緊張而不自覺地抖動。

「怎麼樣，察森先生？」智克多先生眼神閃閃發亮地問，不等凱登回答，他又繼續說：「羽羶藤，這一直是我最喜歡的材質之一，輕巧而有彈性。看來，這支環爪對它的新主人也很滿意。」

「那麼，請跟我來，」智克多先生領著凱登到大水盆前。「請你用手指緊緊環扣住環爪，慢慢地把它放到水裡，絕對不要鬆開。」

凱登的手在水裡把環爪扣得死緊，他的左手扶著水盆。

「準備好了。三，二，一。」不等他準備好，智克多先生就鬆開了握著凱登的手，凱登立刻感覺到一股強大的力量往水盆裡衝，水面上開始浮現很多泡沫，似乎要把他整個人吸進去。他的手卻還是不敢放開。

幾秒鐘後，環爪似乎吸住了一個東西，慢慢的，那股強大的力量冷靜了下來。

「現在，請你把環爪拿出來，」智克多先生緩緩地說道。

凱登把手從水盆裡拿出來，他驚訝地發現，環爪上的凹槽多了一小塊暗紅色石頭，石頭就像是栓在環爪上面，一動也不動。

「這是幻貝石，」智克多先生解釋。「那麼，這樣就結束了，察森先生的環爪，羽羶藤，選擇了暗紅色的幻貝石。在學校裡，除了睡覺以外，請把環爪隨時戴在手指上，以備萬一。我相信，這支環爪對你會有很大的幫助。你的母親當初也和你一樣，使用了幻貝石。這讓她在花種子提煉課得到了全年級的最高分。」他好像對自己的這一番話感到很自豪。

「你認識我母親？」凱登急急地問。

「當然，她來到我店裡的那天好像才是昨天發生的事情，」智克多先生微笑。「善良的戴絲，她不到五分鐘就完成了挑選環爪的整個過程，太出色了。」

這是凱登有生以來第一次感到興奮無比，他和他的母親，從來沒見過面的兩人，手中的環爪都挑選了暗紅色的幻貝石。

「我和我母親挑選了一模一樣的石頭？」凱登一邊看著環爪，一邊說著。

「不，不，我親愛的孩子，」智克多先生說。「每一支環爪挑選出來的石頭都是獨一無二的，世界上沒有兩顆相同的石頭，就算它們長得再像，裡面的成份還有色澤也不可能一樣。環爪在使用魔法的時候，出現的結果也有所不同。」

「我想，我們該走了，」一直在旁邊看著的戴爾教授出聲說。「非常謝謝你，智克多先生，我還要帶凱登去買其他需要的東西。」

他們踏出智克多先生的店。

「現在，我們去買你需要用的書，共有哪些？」戴爾教授問。

凱登把入學通知信翻開，上面寫著：

孵化課，花種子提煉課，攻與守，急救方式，海佩斯特：創立歷史。

凱登花了三十分鐘把書全部買齊，他還花了一些時間了解魔法硬幣的使用方式。

一百分末等於一毛特栗，十五毛特栗等於一吹恩。後面的他已經不記得了，只記得自己從口袋抓了一堆硬幣給賣書的店員，奧利佛・羅伯，然後找回了比他原先給出的更多硬幣。

「都好了嗎？」戴爾教授看著他。

「現在就只剩下——蛋？」凱登看著入學通知信，疑惑地問。

「沒錯，所有的新生都必須要有一顆屬於自己的蛋，就像環爪一樣，這兩樣東西，都是巫師的必需品，」戴爾教授回答。

　　雖然側彎左道的每一家店都很吸引凱登，但是當他走到「來蝠商店」時，才真的大開眼界。

　　店裡擠著滿滿的人，每個人似乎都很期待什麼時候會輪到自己來挑選自己的蛋。

　　「不要擠——哎呦！」他看到店員一臉痛苦地在人群中試著找出一條路。

　　凱登等了十分鐘才輪到他，店員看起來已經筋疲力盡了，但還是努力打起精神跟他說話。

　　「新生，是吧？」店員打量著凱登。「當然了，不然你也不會來這裡。」他好像真的累壞了。「配好環爪了嗎？」

　　凱登拿出剛得到的環爪給他看。

　　「很好，至少你不像剛剛的白痴，連環爪都沒有就想來挑選蛋，」他碎碎唸著，好像剛剛的人把他惹毛了。

　　凱登心想，還好他已經先去了智克多先生的店，不然，肯定也會被他罵。

　　「好了，這後面總共有三層樓，每層樓有二十排，每排有一百個櫃子，每個櫃子裡都有一顆蛋。你拿著環爪挑好了哪一個，就打開櫃子小心地拿牠出來，知道了嗎？別逛太久喔！」沒等凱登回答，他就把凱登推進去。

　　凱登進到一個跟剛剛完全不同環境的地方，裡面非常溫暖。他終於了解，為什麼外面的人這麼期待要進來裡面了。這裡面非常大，就像店員說的，每個櫃子裡放著一顆蛋，蛋的大小、顏色都不一樣。可以看出來，這些蛋都被保護得很好，因為每顆蛋旁邊都放著一本記錄的簿子，蛋的下面也鋪著看起來很舒服的乾草。

　　他拿著手中的環爪，開始興奮地逛起每一排。

　　「他沒有告訴我該怎麼挑？」凱登心想，但他很快就發現每一排的上方都掛著很大的布條，上面寫了一行字：「環爪將會指引你。」另外還有幾張圖，看起來就是拿著環爪，輕輕地走到櫃子外面，如此而已。

凱登先試了離他最近的一顆蛋，他把環爪放在櫃子前輕輕地碰了兩下，沒有任何反應。

「這麼多的蛋，我要挑到什麼時候？」凱登再次抬頭，看著布條上面的步驟。「環爪將會指引你？」他默默說道。

凱登把環爪戴上，心裡暗自想：「請指引我。」

就在這一刻，他感覺到環爪似乎懂他的想法，並且有一股微微的力量在拉著他手往前走。凱登發現幻貝石發出非常細微的暗紅光。他沒有多想，照著環爪指引他的路，一路上到了二樓，經過幾排櫃子，凱登停在號碼第六十八號的櫃子前面。

環爪現在發出的暗紅光越來越強烈，光線直直地射在眼前這顆蛋的蛋殼上。蛋殼上面寫著二樓，十三排，六十八號。

凱登看著這顆蛋，牠是淺灰色的，上面似乎有一點淡淡的花紋。「就是你啦！」凱登確信地打開櫃子，把蛋拿出來。牠非常輕，幾乎沒有重量，放在手上還有櫃子裡的餘溫。

當他準備離開時，發現旁邊的櫃子已經空了，似乎是稍早的新生已經把蛋拿走了。

他回到外面的店面，找到剛剛的店員。

「好了嗎？」店員看著他手中的蛋。「讓我登記一下——你的名字，還有你的環爪是？」

「凱登・察森，環爪是羽氊藤，幻貝石，」凱登回答。

店員停下動作，看著他。「你說你的名字是什麼？」

「凱登・察森，有什麼問題嗎？」有人抓著凱登的肩膀，替他回答。

凱登轉過頭去，發現是戴爾教授。

「都好了的話，就走吧，」戴爾教授說完，便示意要凱登跟著他離開。

　　凱登看了一眼店員，覺得店員的表情有點怪異。他心裡納悶，一不小心撞到了人。

　　「抱歉，我不是故意的，」凱登連忙道歉。

　　「沒關係，我沒事，」被他撞上的男孩心不在焉地回答，連看都沒看凱登一眼。

　　這名男孩比凱登還要高，他有著一頭略長棕色的頭髮，凱登還沒來得及再說一句話，就被人群擠到外面。看來，剛剛的男孩也是要進去挑選蛋的新生。

　　「戴爾教授，」凱登叫住走在他前面幾步的戴爾教授。「剛剛的店員——」

　　「現在東西都買齊了，我送你回去，」戴爾教授簡短地說。

　　凱登有一個感覺，戴爾教授好像不太願意跟他講有關他父母的事情，但可能這只是他的錯覺。

第三章：出發到海佩斯特

他們跟白天一樣，一句話都沒有說的回到貓旅鎮。

「好了，凱登，我希望你聽清楚接下來我說的話，好嗎？」戴爾教授首先打破沉默。

「好的，戴爾教授，」凱登回答。

「我希望你可以了解，即使是在巫師的世界，也有分為好巫師和壞巫師，這並不是你一眼就能看出來的，」他停頓一下。「德樂米特希望我能先告訴你一些事情，例如巫師世界裡的壞巫師有哪些。」

「德樂米特？就是你剛剛說幫我把錢領出來的人？」

這是凱登今天第二次聽到這個人的名字。

「德樂米特是海佩斯特的校長，開學當天，你會看到他。我知道你很想知道有關你父母的事，這我完全可以理解，但是很抱歉，關於你父母發生的事，我也不知道，應該說，只有極少數的人知道發生了什麼事，但他們大部份都不願意提起。」

凱登失望地點點頭。

「首先，我希望你可以記得一個人的名字，」他看著凱登。「幽匕儡‧撒肯。」

「幽匕儡‧撒肯？」凱登重覆戴爾教授說的話，這個名字比剛剛的德樂米特還要奇怪。

「他是所有巫師世界中，最殘忍、也最心狠手辣的巫師，」戴爾教授說。

「他現在在哪裡？」凱登好奇地問。

「這個，沒有人知道。很多人說他已經消失很久了，也有一些人聲稱曾經看過他，甚至有些人說他受了很重的傷。但是，他已經很多年沒有出現，這是事實。」

「難道他死了嗎？」凱登脫口而出。

「不，他沒有死，至少，德樂米特是這樣認為，我也是。他只是還不知道……」戴爾教授越講越小聲。

「他只是還不知道什麼？」凱登問。

「不，沒什麼，」戴爾教授恢復正常的音量。「除了他以外，他的手下也都銷聲匿跡了，我想，只要他沒有出現，他的手下也不會輕舉妄動。我告訴你這些話，並不是希望你會害怕或是嚇唬你，我只是希望你可以了解，巫師世界還是有壞巫師存在。」

「難道，就沒有一個巫師可以把他抓起來嗎？」凱登知道巫師世界不可能有警察，不過他還是想知道。

「大家當然都想抓他了！但是他的爪牙很多，而且個個都是使用魔法的高手。現今的巫師世界，能夠和幽匕偶‧撒肯抗衡的，我想，就只有德樂米特和審判者。但是，他們連他在哪裡都不知道，所以只能等他露出他的狐狸尾巴，」戴爾教授沉沉地說。

「我懂了，總之，他現在不見了，」凱登說。「既然這樣，那我也沒什麼好怕的，是嗎？」

「基本上來說，是這樣沒有錯，」戴爾教授看到凱登似乎沒有被這個消息影響，似乎開心了許多。

「還有別的我需要知道的事嗎？」凱登又問。

「不，現階段，你只要知道他是誰就好了，」戴爾教授回答。

「距離開學的時間只剩下十幾天了，我希望，接下來的時間，你盡量不要往外跑，好嗎？」戴爾教授看起來有點擔心。「如果可以的話，我希望你可以試著和你的監護人，紮審先生，說明你即將要離開貓旅鎮一年的時間。這件事，我想還是從你口中說出比較好。」

凱登的臉色暗了下來，要他和弗托舅舅說他要離開一整年？這根本是天方夜譚，弗托舅舅一定會大吼大叫地要求他留下來。凱登想開口反駁，但他看到戴爾教授的臉色對他有些許期待，只能說：「好，我會試試。」

「很好，我相信，你一定有辦法說服他，」戴爾教授對凱登說。

「或許等你回去，就想到方法了也說不定，那麼，我們開學再見了。你的入學通知信裡有提到如何搭上校車的方法，別忘了看。」

戴爾教授和昨天晚上一樣，拿起他的環爪，低聲唸了：「瞬瞬移。」他再次消失在凱登眼前。

凱登手上抱著剛剛在側彎左道買的所有東西，絕望地轉身看著弗托舅舅的房子。到底有什麼方法是可以不讓弗托舅舅大發雷霆，而且還能讓他離開貓旅鎮一年呢？這簡直比登天還難。

他慢慢地打開門，想先上去閣樓把所有的東西放好，再下樓和弗托舅舅說這件事。

但是他才剛開門，就聽到弗托舅舅在咆哮：「小子，你最好解釋這是怎麼回事？！」

凱登知道這不是一個好徵兆，但是他驚訝地發現，弗托舅舅此時竟然沒有在喝酒。他的手上握著一封已經被他揉爛的信。

「這到底是什麼東西？」弗托舅舅甩著手上的信，生氣地看著凱登。「上面寫著，『凱登・察森先生將在九月一號出發到海佩斯特魔法學校。』」

凱登知道，要是他再不解釋，弗托舅舅可能就會扭斷他的脖子。

「弗托舅舅——」凱登開口想解釋。

「而且，它上面的收信人竟然是『睡在天藍色破沙發上的弗托先生』！老子清醒得很！更何況，什麼是破沙發！這張沙發可是我當初從一個阿曼的商人那裡買來的！」弗托舅舅打斷他的話。

凱登覺得，比起他要離開去海佩斯特的事，弗托舅舅好像更在意信封上面對他的描述。

「弗托舅舅——」

「閉嘴，小子！」他似乎還沒說完。「我告訴你，打從我領養你的那一天，我就知道你不會帶來什麼好運，我一點也不奢望你會有什麼大好前途。你去跟那些人說，要不是你離開這段時間，我還可以拿到那該死的政府補助金，我是絕對不可能會讓你去的！絕對！」

「弗托舅——你說什麼？」凱登以為自己聽錯了。「你、你要讓我去？」

「我有選擇嗎？剛剛出現的那個人，穿著古怪地出現在家門口，說什麼他是海什麼鬼學校派來的，要通知我，你要離開一整年，還給我這封鬼信！」他忿忿不平地繼續大吼。

「剛剛有人來過？是誰？」一定是剛剛凱登和戴爾教授在側彎左道的時候。

「我怎麼知道他是誰？他說他的名字叫什麼歷多尊，管他是誰？裝得一副很清高的樣子還有求於人？我從沒碰過有人用這麼鄙視的眼神看我，」弗托舅舅看來真的氣炸了。「他說，不管我再怎麼反對，你還是會去，我警告他說要找警察，他竟然在我面前把電話變成一台飲水機！」

凱登心裡已經默默在偷笑，他竟然錯過了看弗托舅舅驚慌失措的樣子。

「那個歷多尊看到我這麼生氣，還一臉笑盈盈地看著我，我看他是欠老子一頓揍！後來他跟我說，你離開的這段時間，他還是有辦法讓我每個月得到我的政府補助金，還有他保證，這段時間內，你絕對不會煩我，這是他講的第一句像樣的話！」

「所以……我可以去？」凱登小心翼翼地問。

「小子，我警告你，你可別給我打什麼鬼主意，」弗托舅舅惡狠狠地對凱登說。「要是在你離開的這段時間，我聽說任何一點關於你那個鬼學校的事，或是我有哪一個月沒有領到政府補助金，就算你的爛學校在天涯海角，我都不會放過你！」

凱登明白，弗托舅舅可不是在開玩笑。「我明白了，我會很小心的，弗托舅舅。」凱登寧可無家可歸，也不想讓弗托舅舅知道任何有關海佩斯特的事。

「你可以滾回你房間了，現在就去！」弗托舅舅對著凱登吼。

凱登立刻回到他的小閣樓，這是他第一次這麼快樂。可以離開弗托舅舅的家，而且是整整一年不用見到弗托舅舅。他從來不敢奢望可以有這樣的生活。

凱登回想今天在側彎左道發生的事情，一切看起來都那麼新奇。環爪、來蝠商店、那個聽到他名字就露出奇怪表情的店員、還有他不小心撞到的男孩。

或許，凱登心想，他可以在海佩斯特找到有關他父母的事，哪怕只是一點點，他還是想試試，這樣子，他就可以知道他父母是誰了。

他把他的蛋從籠子拿出來，擺在房間唯一的小桌子上，夕陽的光彩照在蛋殼上，凱登這才發現，蛋殼上的花樣是細長的淺藍色羽毛。他伸出手摸摸牠，發現牠還是溫溫的，不禁露出了笑容。

凱登就這樣慢慢地睡著，他又夢到了他的父母，但這次，他們好像在對他微笑。

時間一轉眼就過去了，這段時間裡，凱登聽了戴爾教授的話，除了去幫弗托舅舅買酒，他哪兒也沒去。他也不敢下樓去找弗托舅舅講話，因為他似乎對於上次的事情還沒消氣。凱登發現弗托舅舅越來越會自言自語，但是他講的話還是和之前一樣。像是歐克又怎麼啦、或是雷朵哪裡又惹到他了。

出發到海佩斯特的時間就是明天了，但是凱登到現在還是不懂到底要怎麼樣才能搭上校車。他把入學通知信裡面的方式看了好幾遍。上面寫著：

所有新生請注意。請在九月一號早上九點整，戴上環爪，用自己的語調唸出（或吟唱出）海佩斯特的校訓：「哦！神秘的海佩斯特，請將你擁有的所有知識都傳授於我，不管遭遇任何困難，或是天災人災，我將不離不棄，和我的同伴一起前進。

他早就試著唸過了，但是根本沒有反應，他不禁懷疑是不是自己根本沒有資格去海佩斯特？要是明天他真的搭不上校車，戴爾教授還會來找他嗎？還是他就從此再也和這一切沒有關係，還是得和弗托舅舅繼續在這裡住下去？

「別想了！」凱登看著鏡子裡的自己，鼓起勇氣地說。

凱登不到九點就上床睡覺了，他看著擺在桌上的蛋，想著明天的到來，慢慢地睡去。

隔天不到八點，凱登就起床了，他先下樓和弗托舅舅說，他再不到一個小時就要離開了，弗托舅舅只是「嗯」地一聲，就沒有回應。

凱登回到自己的房間，按照入學通知信上面的清單，再整理一次他需要的東西：行李箱、蛋、還有戴上最重要的環爪。現在距離九點只剩十分鐘了。

凱登的右手握緊環爪，左手抱起他全部的東西，一邊注意時間，一邊還要注意手中被他小心放在籠子裡的蛋。只剩九分鐘了……七分鐘……四分鐘……凱登吞了一口口水……一分鐘……。九點到了，凱登抓緊身上的所有東西，儘管他已經練習了很多次，他還是很緊張。

「哦！神秘的海佩斯特，請將你擁有的所有知識都傳授於我，」他發現自己的聲音在顫抖。「不管遭遇任何困難，或是天災人災，我將不離不棄……和我的同伴一起前進……」

有一瞬間，凱登以為自己還是失敗了，突然「咻」地一聲，凱登的身體像是被擠進一個狹小的空間，幾秒鐘過後，凱登跌坐在地上。

第四章：出名的姓氏——察森

「一年級新生快點上火車！」凱登被這個突如其來的聲音嚇了一大跳。他站起來，看著四周，他已經不在他的房間了，甚至不在貓旅鎮。剛剛發出聲音的似乎是一位站在火車旁邊的教授，她穿著和戴爾教授一樣顏色的斗篷，一邊忙著指揮周遭的學生。

凱登眼前看到的是一座大湖，他從來沒看過這麼清澈的湖面，湖上還有幾隻白色的天鵝。凱登站起來拍拍他褲子上的泥土，忍不住跑到湖邊，想看得更清楚。他往水裡一看，有幾種他從來沒有看過的生物在湖裡游來游去，他把手伸進湖裡，一股冰涼的感覺迅速竄進他的身體。

「新生！快點上火車！」凱登又嚇了一大跳，他顧著看湖裡的生物，完全忘了還要上火車這件事。他急急忙忙地拿著他所有的東西，加入排得長長的隊伍。

他發現，這裡有好多新生是由父母陪同一起來的，他們都興奮地跟父母說自己就要出發到海佩斯特。凱登心裡好羨慕，他希望自己的父母也在這裡，他就可以跟其他學生一樣，告訴他們，他即將離開一整年，而且他的父母一定也會很捨不得他。

「別擋路！」凱登感覺到有人粗魯地把他推開，他轉頭一看，發現不只他被推開，他身後其他人也被剛剛用力推他的手推到兩旁。「為什麼上個車可以上這麼久，難道他們的腳都斷了嗎？」一名深色捲髮的男孩大聲抱怨。

他看起來是一群小孩的頭頭，因為他說這句話的時候，那群人都笑了，但是凱登完全不覺得這有什麼好笑。

「喂！你！」他用他的環爪指著凱登，他注意到那環爪上鑲著一顆鮮綠色的寶石。「我看你剛剛一個人在湖邊看湖裡的『水娃蟲』，看得好像很高興，可別告訴我，這是你第一次看到『水娃蟲』，」他不屑地看著凱登。

「我是第一次看到沒錯，怎麼了嗎？」凱登不甘示弱地回他。

他好像沒有預料到凱登會這樣回答他的話，反而有些被激怒了，他瞇著眼睛，一步步走向凱登。

「那邊的男生還在做什麼？二年級的馬上就要到了，快點上車！」剛剛的教授朝著他們大喊。

「走吧，托格，」站在男孩身後的另一位男孩不安地看著對他們大喊的教授說。

「哼！」名叫托格・服基的男孩再看了一眼凱登，轉頭大步跨上火車。

凱登悶悶不樂地上了火車，開始找空的包廂。

海佩斯特的火車包廂有非常齊全的配備。每個包廂都有可以容納四個人的座位，座位旁邊有可以放東西的小桌子，上方還有一張可以讓人舒服地休息片刻的小床。雖然稱不上高級，但給人一種很溫馨的感覺。

凱登找了靠近火車後方的一個無人包廂，坐了下來，開始把所有東西放在旁邊的小桌上。

這時，包廂的門被打開。

「抱歉，這裡有人坐嗎？」

凱登抬頭一看，是上次在來蝠商店不小心被他撞到的男孩。

「沒有，」凱登搖搖頭。

「太好啦，坐後面一點才不會遇到我姐姐，」男孩好像鬆了一口氣，把身後的行李拖進車廂。「對了，我叫靡克・布司特，你呢？」

「很高興認識你，我是凱登・察森，」凱登很開心，在這麼短的時間內，他已經交到了第一個朋友。

靡克停下手邊的動作，抬頭驚訝地看著他。「你說你叫什麼？」

「凱登・察森。」凱登皺著眉頭，這已經是第二個人聽到他的名字後露出這種表情了。

「可是……可是……」靡克露出不安的表情。

「你可以告訴我，讓你這麼驚訝的原因是什麼嗎？」凱登好奇地問。

靡克看起來有些為難。「呃……我以為……察森家族的最後一代……已經……已經結束了？」他臉紅了，看起來很內疚說出這句話。

「是嗎？你說的會不會是另外的察森？從我出生到現在，我的名字就沒有變過，」凱登確定的說。

「不可能的，魔法世界裡，只有一個察森家族，」靡克小聲說，他看起來還是很內疚。

「你可不可以告訴我，有關我的姓氏的事？」凱登問。

靡克露出不可置信的表情。「你難道不知道？我是說，你從來都不知道有關察森家族的事？」

凱登搖搖頭。「我從小就沒有父母，他們的事情，我都是從收養我的弗托舅舅那裡聽來的，可是他根本不跟我說任何事情，」凱登氣憤地表示。

凱登和靡克講話的這段期間，其他年級的學生已經陸陸續續地搭上車了。但是凱登現在沒有心思去管其他的事，他就快知道第一件有關他父母的事了。

「碰」地一聲！門又被打開了。一位年紀看起來稍微大一點的女生皺著眉頭，看著靡克。

「靡克，爸不是說，叫你記得要跟他說再見嗎？」她不悅地說。

「妳跟他說就好了啊！」靡克聳聳肩。「而且，我們聖誕節就見面了，聖誕節一下就到了。」

「到時候你被罵，我可不管，」她還是皺著眉頭，關門離開。

「沒想到，躲在這麼後面的包廂，還是被找到了，」靡克無奈地看著凱登。

「她是你姐姐？」凱登問。

「嗯，她是凱莉，今年二年級，我是我們家最後一個進海佩斯特的人了，」靡克回答。「對了，你剛剛問我什麼？」

這時候火車緩緩地發動，他們終於要出發了。

「我想請你說說有關察森家族的事，好嗎？」凱登急急地說。

「呃……其實我知道的跟大家知道的都差不多——」靡克回答。「我只知道，察森家族是古代巫師中最顯赫的家族之一，也就是古代貴族，但是在我爸那個年代，最後一條生命線，就停在伊恩戴絲夫婦那裡——」

「那是我父母的名字！」凱登驚訝地說。

靡克睜大眼睛。「這麼說，你真的是察森家族的後代？」

凱登點點頭。「你就只知道這樣而已？我父母是怎麼……怎麼死去的……你也知道嗎？」凱登鼓起勇氣問出他最想知道的問題。

「嗯……知道察森夫婦怎麼死的人少之又少……所以，我也不太清楚……」靡克看起來沒有在騙人。

「你剛剛說『古代貴族』？那是什麼意思？」凱登好奇地問。

「意思大概就是在古代，有一些巫師家族把他們的血統保持得很良好，所以家族的名聲、地位都高出其他人，我只知道這樣了。」

「那你的布司特，也是一個聲望很高的家族嗎？」凱登問。

「不可能啦，古代的巫師為了要保持他們高貴的身份，不會生超過兩個孩子，我們家包括我就有四個小孩了，我爸媽他們的兄弟姐妹也比一般人還要多，」靡克解釋著。「但是，你怎麼會不曉得呢？我是說，你是在哪裡長大的？把你撫養長大的人，難道都沒有跟你提過你父母的事？」

「把我撫養長大的弗托舅舅是個整天只會喝酒，瘋瘋癲癲的人，他根本就不認識我父母，」凱登悶悶不樂地表示。

凱登把他遇到戴爾教授的過程，還有在側彎左道發生的事，都和靡克說了。

「原來，那天就是你撞到我啊！」靡克咯咯笑著。「我當時正興奮地想快點進去挑選我的蛋，所以沒印象了。你看，這是我的環爪挑的，你的呢？你的在哪裡？」

靡克的蛋比凱登的還要大一點，蛋的外殼是漂亮的鮮黃色，但上面沒有和凱登的蛋一樣有羽毛的圖案。

「所有的蛋在一年後都會孵化成蝙蝠？」凱登想起戴爾教授的蝙蝠釣尾。

「聽說是這樣沒錯，不過，凱莉跟我說，去年有一個人的蛋孵化出一隻烏鴉，但我懷疑她是騙我的。你能想像，你期待看到孵化出來的是一隻蝙蝠，結果變成一隻醜陋的烏鴉嗎？」靡克懷疑地說。

凱登傻傻地笑著，但他心裡覺得，他的蛋將來可能也會和靡克說的一樣，孵化出一隻可笑的東西，或是根本孵化不出來。

「我有三個姐姐，瑪姬已經畢業了，艾拉今年五年級，還有就是你剛剛看到的凱莉，」靡克滔滔不絕地介紹。「我媽跟我爸都很興奮我終於可以到海佩斯特了，凱莉放假的時候會講一些學校發生的事，讓我好羨慕！不過，我今年終於可以上學，以後就不用羨慕她了。」

凱登好羨慕靡克，他也希望有一天，自己可以跟靡克一樣，和家人分享他的事情。

他們從研究各自的環爪（靡克的環爪是編木，上面的寶石是寶藍色的磁母石），到猜測晚上到達海佩斯特後將會發生的事，一刻都沒有安靜下來。凱登很喜歡靡克，他似乎有一種魅力，會讓凱登無時無刻地羨慕他。

「你要不要吃『滑特餅乾』？」靡克從他的行李拿了一盒凱登從來沒看過的包裝餅乾。

「『滑特餅乾』？」凱登看著靡克的手。

「吃吃看，很好吃的，」靡克把餅乾丟到凱登的腿上。

滑特餅乾的包裝是鮮紅色的，他從來沒看過這麼繽紛的包裝。

他打開包裝，想把餅乾拿出來吃，餅乾卻從他的手上跳開，落在他的腿上。凱登在餅乾準備再跳走的前一刻一把將之抓住，納悶地看著靡克。

靡克坐在凱登的對面，看著他哈哈大笑。

「是不是很有趣？這是我最喜歡的餅乾了，等你咬到它，它就不會跑了。」

凱登毫不猶豫地一口咬下去，就像靡克說的，滑特餅乾立刻安靜下來。凱登覺得好吃極了，焦糖糖漿裹著一整片餅乾，脆脆滑滑的口感是凱登從來沒有嚐過的。

這時火車上的廣播傳出通知。「所有學生請注意，三十分鐘後，即將抵達海佩斯特，請各位準備好自己需要的東西，等火車停靠後，陸續下車。新生請在月台等候，舊生請直接從校門進入大廳。」

「終於！我快餓死了。艾拉說，歡迎會的晚餐都特別好吃，我可是為了吃這一餐，連早餐都沒吃呢！」靡克興奮地說。

他們兩個人換上一年級的暗紅色長袍。火車緩緩地停靠在車站，凱登注意到火車的窗戶起了一層薄薄的霧氣。

他們兩個互相幫忙，把各自的行李箱還有其他東西都拖下火車，和其他新生一起站在月台上等待。

其他年級的學生都拖著自己的行李箱慢慢走進校門，此時已經是傍晚，雖然一群人擠在一起，溫度還是比火車上低許多，凱登不自覺地抖了一下。

他感覺有人把暖和的圍巾繞在他脖子上，他回頭一看，是靡克。

「我爸幫我準備的，他說一下車就會很冷，給你用吧，我喜歡天冷的感覺，這可是我爸自己織的哦！」他笑著說。

凱登把圍巾圍得更緊了。

從校門裡緩緩地走出一個矮小的男人，他一隻手拿著燈籠，另一隻手拿著一根拐杖，一跛一跛地走近新生。凱登發現，這個男人的腳邊還跟著一隻有兩條尾巴的狐狸。附近的人顯然也發現了，他看到一個女生指著狐狸，和旁邊的人竊竊私語。

「這一定是威力，海佩斯特的管理員兼警衛，凱莉說他是個一天到晚要找人麻煩的傢伙，」靡克這時和凱登說。

「我想，威力應該是針對你姐姐來找麻煩吧！」一個不懷好意的聲音在他們旁邊發出，凱登頭也不用回，就知道是今天在火車外找他麻煩的服基。

他緩緩地回頭，看到服基帶著他的小囉囉，不懷好意地看著他。

「布司特，我說得沒錯吧？」他看著靡克說。

「服基，如果你不說話的話，我想，應該沒有人會問你任何意見的，所以，你為什麼不站到一旁，或是消失在我眼前呢？」靡克的眼球翻了一圈。

托格‧服基看起來被激怒了。「布司特，告訴我，你母親生了四個小孩是為什麼呢？只有二等家庭才會生兩個孩子，但是你們家卻有四個小孩，難道——」

「閉嘴，服基！」凱登忍不住回他。

「呦！我還想是誰在說話呢，這不是早上在湖邊看水娃蟲看得入迷的人嗎？」他身後的男生聽到後，開始竊笑。

「新生，排成兩列，跟著我走。」管理員威力在他們爭吵的這段時間已經走到隊伍面前。

服基再看了一眼凱登和靡克，這才走到隊伍後面。

「我希望你們不要在第一天就惹出麻煩，否則，我可是不會心軟地把你們送進北塔房。」他的聲音又低又含糊，彷彿想給所有的新生一個下馬威。他的狐狸好像和主人一樣，等著要抓某個人的小辮子，不懷好意地從威力的腳後方冒出一個頭來看著他們。

隊伍浩浩蕩蕩地前進到校門裡，他們不知道走了多久，才終於看到海佩斯特的面貌。

海佩斯特總共有六座對稱的高城堡，外牆都是磚紅色，透露出城堡的年紀。每棟城堡的中間相連著一棟比較矮的建築，這棟建築的上方有著巨大無比的煙囪，四周環繞著透明的高腳窗，燈光從裡面散發出來。

隊伍進入大廳的走廊，城堡裡的溫暖讓凱登終於不再發抖。

他們停在大廳的門口，這時，另一位女教授穿著暗紫色的斗篷，出現在威力面前。

「謝謝你，威力，現在就交給我吧，」女教授對著威力說，她的臉上看不見任何笑容。

「沒問題，塔教授，」威力說完就打開大廳的門，進入裡面，他的狐狸也一溜煙地跟在後面。

凱登覺得，連威力也知道，這位塔教授似乎是一位不好惹的人。

「好了，首先，我想先歡迎各位來到海佩斯特，我是塔教授，之後的課程中，我會更進一步地自我介紹，」她終於露出了笑容。「等一下進入大廳後，你們的餐桌就是唯一的一張空桌，所有人都直接入座就行了。現在，我要開門了，小心點，可能會有點大聲。」她轉過身，打開海佩斯特大廳的大門。

第五章：海佩斯特歡迎會

　　大廳裡爆出震耳欲聾的掌聲，所有學生都站起來拍著手，還有人站在椅子上歡呼吹著口哨。大廳裡擺著六張長桌子，大廳的盡頭坐著海佩斯特的教授們，他們也都加入學生拍著手。凱登發現戴爾教授也在裡面，他坐在最左邊的位置。正中間的位置坐著一位老人，他穿著黑色的斗篷，他的年紀雖然看起來很大，但也和其他學生一樣，拍著手露出微笑。

　　「那一定就是戴爾教授跟我說過的德樂米特。」凱登想起之前在貓旅鎮時戴爾跟他說過的話。

　　塔教授把所有的新生都帶進大廳坐下，掌聲還是沒有停止。

　　此時坐在中間位置的老人默默站起來，揮揮手要大家安靜下來，大廳立刻恢復平靜。

　　「歡迎，我們的新朋友，」他笑盈盈地看著大家。「首先，有請丸嘴教授為我們發表今年『藏書袋』要告知的內容。」

　　坐在右邊第二席的教授從位子上站起來，因為他太矮小，導致有許多人為了要看清楚，紛紛從位子上探出頭來。他站到前方的一把小椅子上，椅子前方出現一個紙做的書框，在他面前自動打開來：

　　「被認為已經消失的古代家族在今年加入了海佩斯特，

　　往後和所有人共同學習學校的知識。

　　不管是新進來的人，還是即將要離開的人，你們都是海佩斯特的精英，希望你們能發揮在學校所學到的一切，同心協力突破遭遇到的所有難關。

　　代表豹希迪烈的公爵、代表象豎杏黎的采邑家、代表羚葛尼托的獵人、代表鸚亞芮蒂的學者、還有代表狐銀蚩墨的小丑。

　　只要不分學院、不分年紀、不分高低，五條分水嶺的未來，結合起來終究是流向最終的大海。」

他緩緩地唸完後，面前的書框像是和他配合好似的，自動闔上，大廳裡發出許多學生低聲討論混雜著拍手的聲音。

「藏書袋每年總有讓人大開眼界的開場白，」老人看著丸嘴教授回到位子上，他好像一點也不在乎大廳裡的學生們對於剛剛那一番話的討論聲。「再來，是今年負責帶給我們各種表演的學生們，請熱烈歡迎狐銀蚩墨四年級表演的學生們。」

他一說完話，大廳的燈瞬間熄滅，後方的大門忽然敞開，從門口跑進來一群男女混合、穿著暗灰色長袍的學生。他們手上的環爪在漆黑的大廳裡發出銀白色的光芒，穿梭在大廳的每個角落，彷彿是一場燈光秀。站在最中間的男學生，用手中的環爪從另一隻手裡變出一朵朵的鮮花，隨著環爪不斷地升高，花朵越來越茂密，從他手中也掉下更多的花瓣，花瓣就像被漆上一層螢光劑般，在他的手裡散發出粉紅色的光芒。

大家都看得目不轉睛，就在這一刻，站在他四周的學生，同時把環爪指向大廳的正上方，拋出各種顏色的彩帶。大家都拍著手，尤其是最左邊長桌的學生們，更是用丹田的力量發出歡呼聲，來為自己學院的同袍們喝采！凱登注意到服基也大力地拍著手，好像剛才表演的隊伍中有人是他的朋友一樣。

表演結束後，大廳的燈光又亮起，老人等大家的掌聲停下，再次從位子上站起來。「非常完美的表演，我想，連我都沒有辦法變出開得這麼茂盛的猾繩花，安東尼，」他看著剛才變出鮮花的男學生，那位男學生挺著胸膛，看起來很滿意被誇獎。「現在，我們吃飯吧！」

所有學生不約而同地站起來，開始沿著兩旁的桌子排隊拿食物。

「走吧，凱登，我好餓！」靡克拉著凱登站起來。

凱登的眼前有好多他從來沒見過的食物，靡克熱心地介紹每一種他喜歡的食物給他。

「嚐嚐這個，這是肉汁青豆，還有碎肉糯米糕——那裡還有松子白菜滷牛尾——」靡克興奮地在隊伍裡大呼小叫。

　　凱登把靡克介紹的每一種食物都嚐了一些，他每樣都非常喜歡。甜點方面，他選擇吃了讓人整個胃都暖起來的紅豆甜湯（「你怎麼喜歡吃那種東西？」靡克不解地看著凱登），炸得金黃酥脆的奶油煉乳吐司（裡面還有甜甜鹹鹹的花生醬），靡克在火車上給他吃的滑特餅乾，最後還拿了一杯他從來沒有看過的飲料。

　　「這是辣味巧克力熱奶茶，凱莉說，海佩斯特的奶茶比外面任何一家賣的都還要好喝呢！」靡克興奮地說。

　　凱登喝了一小口，覺得好喝極了，他從來沒有喝過這麼好喝的飲料，整個胃在瞬間暖和起來。

　　餐廳所有的學生都快要撐破肚皮而停止在食物桌旁走動時，剛才的老人又再次站起來和大家說話。此時，凱登的目光對上戴爾教授，他開心地和戴爾教授揮手，戴爾教授微笑地對他點點頭。

　　「我想，大家對今晚的歡迎會晚餐都非常滿意，」老人看著大家微笑。「格芬先生，我從沒看過，有人可以一次吃下這麼多煙燻雞腿呢！」他看著坐在右邊數來第一桌的某一位學生笑盈盈地說。

　　「那麼，請容我自我介紹，」他等大廳的笑聲稍微安靜下來，再次開口。「我是海佩斯特的校長，波加特・德樂米特。」

　　餐廳內響起一陣掌聲。

　　「德樂米特也是古代巫師中的貴族，」靡克在凱登耳畔告訴他。

　　「歡迎各位新朋友在今年加入海佩斯特，也歡迎我們的舊朋友再次回到海佩斯特的懷抱，」德樂米特接著說。「新的學期明天就要開始了，我要在此提醒新生，千萬不要認為你們手中的環爪是玩具，接下來的日子裡，你們的環爪將會帶領你們進入真正的魔法世界。你們在來蝠商店挑選的蛋，也請各位細心照顧。」他稍微停了一下。「舊生請注意給予新生最大的幫助，切記海佩斯特的校規：『哦！神秘的海佩斯特，請將你擁有的所有知識都傳授於我，不管遭遇任何困難，或是天災人災，我將不離不棄，和我的同伴一起前進。』還有，今天晚上藏書袋透過塔教授發表的開場白，我希望大家都可以謹記在心。那麼，上床睡覺吧！請豹希迪烈的初學院代表帶領新生到他們的宿舍。」

　　語畢，所有的學生都站起來，往門口的方向走去。凱登看到有一男一女、看起來像是高年級的學生走近新生的桌子，他們都穿著湛藍色的長袍，似乎就是德樂米特說的初學院代表。

　　「那就是我姐姐艾拉，」靡克說。「她是今年豹希迪烈學院的初學院代表。」

　　「什麼是初學院代表？」凱登問。

　　「就是在自己的學院中，整個年紀表現最出色的男女各一人，」靡克說。「艾拉的功課一直都不錯，教授們都蠻喜歡她，她的人緣也很好，我想這是為什麼她今年會被選中的原因。」

　　新生的隊伍跟著初學院代表緩緩地前進，艾拉看到靡克，走近和他說話。

　　「靡克，我跟你說過，歡迎會的晚餐還不錯吧！」她摸著靡克的頭，就像大姐姐在照顧小弟弟一樣。

　　「艾拉，不要摸我的頭啦！」靡克抗議地說。「我又不是三歲小孩！」

　　艾拉不理會靡克說的話，她看到凱登在旁邊笑靡克，便問：「這是你的新朋友？」她看著凱登說。

　　「嗯，他叫凱登‧察森，」靡克回應。

　　「察森？是那個察森嗎？」艾拉瞪大眼睛，驚訝地問。

　　「沒錯，我已經確認過了，就是那個有名的察森。」

　　凱登看著艾拉，不知道該說什麼，只是點了點頭。

　　「原來剛才九嘴教授說：『被認為已經消失的古代家族在今年加入了海佩斯特，往後和所有人共同學習學校的知識』，就是這個意思，」艾拉看著凱登說。

　　「什麼意思？」靡克問。

「要是你注意聽九嘴教授說的話，現在就會了解啦！」艾拉皺著眉頭。「剛剛他說完話的時候，我們都在猜是什麼意思呢！原來，就是在說你啊！」

「呃……」凱登不知道這是表示開心或其他意思。

隊伍停在一扇大門前面，大門右邊站著一個石像的公獅子。艾拉離開他們，走到隊伍最前方，和旁邊的男生站在一起。

「新生請注意了！」男生開口說話。「今年會由五個學院的初學院代表，也就是十個人，來負責各位的所有事情。我是洛伊・扣瑞，這位是艾拉・布司特。我們兩個是豹希迪烈的初學院代表。」他看著大家，有力的眼神彷彿要把大家看透了，艾拉站在一旁，微笑地看著新生。

「現在，我來為你們示範一次進入新生宿舍的方法，我希望你們可以找到視線清楚的位置來看示範。」他說完話後，大家開始找自己可以清楚看到示範開門的位置。

洛伊走到一尊石獅子前面，伸手搔了搔石獅子的下巴。石獅子把前爪舉起來，洛伊便握住石獅子的爪子，搖了兩下。

幾秒鐘之後，大門打開了。洛伊和艾拉走在前頭，帶領大家進入宿舍。

他們先經過了一條長長的走廊，兩旁的牆壁上掛滿了壁毯，壁毯上都是圖畫，但是凱登根本來不及看清楚上面畫的是什麼，就已經跟著大家一起往前走。

宿舍的交流室有一個暖和的大壁爐，此時裡面的柴火已經燒得很旺盛。壁爐的上方有一張比剛剛都大的壁毯，上面的圖案看起來像是五個巫師各自拿著自己的環爪指著中心點。他們的身後都有不同顏色的光芒。下方有一排用金色描寫出來的字：

海佩斯特的五位創始者

追求自由、內心高尚卻保有著善良的豹希迪烈，對人熱情的是最真誠的。

　　熱愛自然、對事物充滿愛心的象豎杏黎，各種生物對他們來說都像寶石一樣珍貴。

　　聰穎過人、熱愛鑽研各種新知識的鸚亞芮蒂，每項新發現都是無價之寶。

　　狐心狡腦、攀附權勢力量的狐銀蜚墨，在任何時候都可以找到漏洞來達到他們的目的。

　　以及講求效率、堅持個人主見的羚葛尼托，十全十美的自信絕對是無人能敵。

　　「我希望剛剛大家都有看清楚進入宿舍的方式，」洛伊看著大家說。「我在這邊提醒各位，不要讓石獅子有機會把你們擋在門外，要是你們試了超過三次，還是無法進入宿舍，就得在門外等下一個要進入的同學來帶著你進入了。」

　　服基冷笑了一聲。

　　「以後這裡就是一年級新生共同使用的環境，」艾拉看著前方幾個一年級新生，微笑著說。「現在，請各位進入自己的房間，女生宿舍請從這裡的樓梯上去，男生宿舍再往前走一點，會有另一個樓梯。行李已經都幫你們送到房間了。」

　　「明天早上，請你們先到大廳。課表會在明天早上發給你們。還有，明天早上負責和你們見面的是象豎杏黎初學院的代表，李克‧蓋斯，還有西芽‧巴多。」洛伊說完就準備和艾拉一同離開。

　　「靡克，凱登，明天見，」艾拉離開前對他們說。

　　所有的新生都開始往宿舍走去。

　　「拜託，到底會有多蠢的人會忘記剛剛他示範的方式啊，」服基大聲地說。

　　等到初學院代表離開，他才敢開始說話。

　　「別理他，」靡克在凱登耳畔小聲地說。

　　他們進入臥室，裡面有四張床。床的旁邊都有一張個人可以使用的小桌子，桌子旁邊還有自己的衣櫃，連床的下面都有可以放行李箱的地方。

「嘿！靡克，我們是同一間房！」凱登看到臥室裡面放著他跟靡克的行李箱。他們的蛋也都完好無缺地放在旁邊的小桌上。

「能不跟服基使用同一間房，真是太好了，」靡克笑著說。

凱登坐在自己的床上，看著靡克。

「靡克，你覺得，我有可能在學校裡找到關於我父母的事嗎？」凱登悶悶不樂地說。

「放心吧，我會幫你一起找的，」靡克看著凱登說。

「我覺得，要打聽他們的事太難了。」凱登一點把握都沒有。

他轉頭看著靡克，發現他已經在床上呼呼大睡了。

凱登真的好羨慕靡克，他的姐姐都已經在海佩斯特上學了。他一定知道很多關於學校的事情。他倒在床上，不敢相信今天的時間過得這麼快，早上他才從貓旅鎮消失，現在已經在海佩斯特的宿舍裡了。

「不知道弗托舅舅是否發現我已經離開，」凱登心想。「算了，他應該到現在都沒發現吧，我消失了，他應該很開心才對。」凱登不自覺地露出微笑。

凱登一點都睡不著，他一直看著窗外的月亮，聽著校園裡不知道哪種動物發出一陣低沉的聲音，才慢慢地睡去。

第六章：拈花者

　　隔天早上，凱登和靡克都起得非常早，他們準備好後，就帶著他們的蛋，回到昨天歡迎會的大廳。凱登這才明白，昨天艾拉跟他們說丸嘴教授講完話後，其他年級的人都在討論，這句話是什麼意思。他踏進餐廳的那一刻，大廳迅速安靜下來，部份的人為了想看清楚凱登的樣子，在別人身後探頭探腦的，有些人對他微笑，大部份的人只是安靜地看著他，直到他走到長桌旁，大廳才漸漸恢復原來的音量。看來，大家都已經知道，他就是丸嘴教授口中「被認為已經消失的古代家族在今年加入了海佩斯特，往後和所有人共同學習學校的知識」的人。

　　「這麼說，是真的囉？」托格・服基一看到凱登坐下就說。「你就是出名的察森？」

　　其他的新生全都看著他。

　　凱登什麼話都沒說，只是點點頭。

　　「沒想到，出名的察森竟然是你？」服基說。「那麼，你一定知道囉？我是說，有關你家族的事。」

　　「別問了，托格，」一名女孩表示。「這又不關你的事。」

　　「這麼說也對，」服基不悅地表示。「不過，我想你應該聽過服基家族才對，我們也是古代巫師中的貴族之一。」

　　「托格，夠了！」剛剛的女孩阻止服基繼續說下去，旁邊的幾個人看起來也不是很高興。

　　「怎麼？派蒂，我有說錯嗎？」他看著剛剛的女孩說。

　　「現在根本沒有人在乎自己的家族是不是貴族，那是以前的說法了，」派蒂反駁。

　　「是嗎，我倒是覺得，『有些』家族就是沒資格和我們混為一談，」服基說這句話的時候瞄了靡克一眼。

　　凱登忍不住自己的情緒。「我倒認為，就算是貴族，也是有老鼠屎，再說，是不是貴族，我一點都不介意。」

　　「這裡有什麼問題嗎？」一個聲音從所有人的頭上發出。

　　大家都坐在自己的位子上，一聲不出。

　　剛剛說話的人就站在大家面前，她穿著綠色長袍，綁著一頭俐落的馬尾。

　　「大家早，我是西芽・巴多，這是李克・蓋斯，」她指著旁邊的男生說。「這是大家的課表。」她從自己的書包裡拿出一疊厚厚的課表，發給所有新生。

　　「那麼，等大家都吃完早餐，我們就會帶你們到第一堂課的地方上課，」李克・蓋斯說。

　　「別理托格說的話，」靡克說。「服基一家人都很高傲，他們不跟古代貴族以外的人打交道。」

　　「現在古代貴族的人還是很多嗎？」凱登問。

　　「沒有，現在已經很少了，」靡克咬了一口臘腸。「現在有越來越多家族生超過兩個小孩，還有，現在也有越來越多人和不是巫師的人結婚，所以，要找到像你這樣的貴族，可以說是少之又少，」靡克笑著說。

　　「我才不在乎我是不是貴族，」凱登不太開心地說。

　　靡克笑了笑。「那就好啦！別理服基了，他也只敢在教授們聽不見的時候才敢這樣。」

　　凱登聽到靡克說的話後，心情好多了，他吃了一口肉醬鹹派，才知道自己有多餓。

　　第一堂課是孵化課，在學校的戶外蛋舍進行。

　　海佩斯特位於山上，雖然凱登不知道有多高，但是他今天早上可是全身裹著棉被醒過來的，戶外雖然有陽光，但是風吹過來的時候，還是會讓人猛打冷顫。

　　想打冷顫的念頭，進入蛋舍之後就消失無踪。蛋舍裡的溫度高到讓人想脫掉外套，換上短袖的衣服。

地上全都是稻草，正當大家煩惱著要不要脫下外套時，孵化課的教授，金絲雀教授走進來。她全身除了暗紫色的斗篷外，其他地方都穿著鵝黃色的衣服，連手套都是鵝黃色的，這讓她看起來像隻剛孵化的小鴨。

「我是負責孵化課的金絲雀教授，」她看著大家微笑。「現在，讓我看看各位的蛋，請將蛋小心地從籠子裡拿出來，小心地放在桌子的凹槽裡。」

蛋舍內傳出大家開籠子的聲音，所有人都小心翼翼地把蛋拿出來放在凹槽內，放眼看過去，桌上的蛋五顏六色，好像巨型的霓虹燈。

「非常好，那麼，是不是有人可以告訴我，在照顧蛋的過程中，最重要的是什麼？」金絲雀教授接著說。

一名看起來臉色有點蒼白的男生舉起手。

「非常好，請說，」金絲雀教授好像很滿意。

「在照顧蛋的過程中，最重要的就是要具備一定的耐心。」他臉色雖然看起來有點蒼白，說起話來卻相當有自信，他的水藍色眼睛似乎正興奮地閃閃發光。「雖然現在蛋還沒有孵化完成，牠卻是一個有心跳的『乳獸』，」他回答。

「太好了，說得一點都沒錯，」金絲雀教授很高興。「請問你的名字？」

「瓦多・伊得思，教授，」他回答。

「你回答得很好，伊得思先生，」金絲雀教授說。「我想，你可以解釋什麼是『乳獸』？」

「乳獸指的是還沒有孵化出來的蝙蝠，因為現在還在蛋裡，所以被稱作『乳獸』，」他回答。

「非常好，」金絲雀教授滿意地說。「就像伊得思先生所說的，雖然現在各位的蛋還沒有孵化完成，你們還是可以感受到牠的心跳，請各位把手放在你們的蛋上，好好感受牠們的溫度，還有心跳。」

　　凱登把手放在他的蛋上，他驚訝地發現，好像在蛋的裡面，有一小部份正在微微地跳動。

　　「把蛋完全地孵化出來，需要的時間是一年，也就是各位即將升上二年級的時候。各位二年級的學院，也將依照蛋在孵化前一刻的顏色來分配，」她稍作停頓，現在全班的人都專注地聽著。「我希望各位在這一年裡，可以用心照顧自己的蛋，來孵化出健康的蝙蝠。」

　　接下來的課程，金絲雀教授教大家基本觀察蛋變化的方式，作業則是觀察一個禮拜蛋的變化。

　　下一堂課是花種子培育課，一樣是在戶外進行，西芽和李克把他們帶到距離蛋舍不遠的空地。空地上有著大大小小的坑洞，看起來被之前的學生用鏟子挖過。

　　這是凱登最期待的一堂課，他事先看過課表，這堂課的老師是戴爾教授。自從那天和戴爾教授分開後，他就一直沒有再和他說過話。

　　上課鈴響過後沒多久，凱登看到戴爾教授從城堡出來。

　　「所有人都到齊了嗎？」他對著西芽還有李克點點頭，示意讓他們離去。「我先來點名吧，這讓我可以更了解各位。」

　　「麥克・德夫……蘇珊・卡恩……彼得・拉爾……」被他叫到的人一個個舉起手。「托格・服基……維多・查爾斯……瓦多・伊得思……瑞秋・使拉……」幾乎所有人都被點完了，凱登一度以為他的名字不在名單上。

　　「派蒂・華區……還有最後一位，凱登・察森。」凱登一聽到他的名字就立刻把手舉起來，他看著戴爾教授，偷偷地揮著手。他不想讓大家看到，免得服基又講一些話來酸他，讓他更開心的是，戴爾教授發現他在和他打招呼，也對著他微微笑。

　　「沒問題了，所有的人都在名單上，這讓我鬆了一口氣。去年，有一位學生第一天上課就遲到了二十分鐘，後來才知道他因為想看清楚大池塘裡的甩水怪，掉進了池塘，還好路過的幾個六年級學生及時把他救出來，」他笑著說，許多人也笑了。

戴爾教授發給每個人一些種子，每顆種子的模樣都有些不同。

「種子，可以提煉成為藥材、藥水，也可以利用環爪將種子變成各種植物。在一年級，各位要學習的是如何將花種子提煉成各種藥材的過程，」戴爾教授說。「在魔法世界中，我們雖然使用環爪，但是你們將會發現，如果能利用各種植物來輔助魔法，也會有事半功倍的效果。」

「教授，」派蒂・華區舉起手。「不是有些人天生就可以讓種子發芽開花嗎？也就是不靠環爪，只用自己的雙手就能使花種子開花，我聽說，那是與生俱來的魔力？」

「沒錯，的確是有這種人，我們稱他們為拈花者。拈花者可以不利用環爪，而利用自己的意識來控制手中的植物。」戴爾教授用拇指和食指拿起面前的一顆種子，種子立刻變成鮮綠色的藤蔓，纏繞住他的手，就像被賦予了生命一般。

所有人都驚呼出聲，大家都看得目不轉睛。

「戴爾教授，那麼，你也是拈花者囉？」瓦多問，他的臉色和上一堂課比起來已經好了許多。

「沒錯，我是拈花者。我在十四歲的時候才發現自己是一名拈花者，這和其他拈花者比起來，算是比較晚才發現的。」

「喔喔喔喔——凱登！你的手！」靡克忽然大喊，所有人都轉過來看著他們。

剛剛凱登還拿在手裡的種子，竟然已經在他手上長出各種小花，他還感受得到它們拼命想鑽出緊握著它們的手。凱登不敢置信地看著自己的手掌。

「看來，學校裡又多了一位拈花者，」戴爾教授眨眨眼睛。

大家都用一種敬佩的眼光看著凱登，除了服基和他的小囉囉們，露出不以為然的表情。

「海佩斯特已經好幾年沒有出現拈花者了！」瓦多大聲說。

　　凱登感覺到大家都在看他的目光，他的臉開始發紅。

　　「的確，海佩斯特已經有一陣子沒有出現拈花者了，」戴爾教授說。「但是很抱歉，凱登，我沒辦法讓你缺席不上課，因為拈花者只能讓種子變成各種植物，卻沒辦法讓種子在手上就提煉完成，」他笑著說。

　　「那麼，請大家三個人一組，我現在就開始來教各位如何把種子浸在熬壺裡，還有要加多少水量。」戴爾教授把鏟子分給所有人，隨即用環爪憑空變出一塊板子，上面有詳細的圖文教學。正當大家想，他要如何讓板子放在大家都看得到的地方時，他又拿起剛剛的種子，藤蔓在他手中慢慢地冒出，他把藤蔓放到地上，當作用來支撐板子的工具。

　　「太酷了，教授！」彼得・拉爾讚歎地說。

　　「謝謝你，拉爾先生。」

　　凱登和靡克還有瓦多在同一組，他們圍著一小塊空地，準備開始挖土。

　　凱登和靡克很快就發現，有瓦多跟他們同一組是一件非常幸運的事。他好像了解戴爾教授說的每一句話，甚至在別組還在討論時，他就已經解釋給他們聽了，這也讓他們的進度一直維持在第一名。

　　「做得不錯，」戴爾教授看著他們已經埋在土裡的熬壺，還有浸在熬壺裡的種子，誇獎地說。

　　「謝了，瓦多，多虧了你！」靡克拍拍伊得思的肩膀。

　　「你還好嗎？我剛剛看到你在蛋舍裡，臉色好像有點蒼白，」凱登擔心地問。

　　「嗯，我沒事，可能是剛剛太熱了，所以精神才不太好，」他把手裡的鏟子放在地上。

　　「你好厲害，竟然都聽得懂戴爾教授說的話，還有剛剛的孵化課也是，只有你能回答金絲雀教授問的問題，」靡克讚歎地說，凱登也在旁邊點頭。

　　「大家都表現得不錯！」戴爾教授大聲說。「現在已經要下課了，請各位把鏟子拿回來放好。今天的作業很簡單，只要寫出埋種子的方式還有必須澆的水量，下次再交回來就可以了。那麼，下個禮拜再見了。」

「我先走了，下午見，」瓦多說完，就一溜煙地跑走了。

「他是急著要去哪啊？」靡克看著他的背影問。

「不知道，他可能有其他事吧，」凱登看著他的背影。

「不過，他真的很厲害，對吧？」靡克讚嘆地說。「竟然這麼快就可以理解上課的內容。」

他們兩個一邊聊天，一邊走回大廳吃午餐，準備下午的歷史課，海佩斯特：從古至今。

歷史課的教室位在東南邊城堡的頂端，而負責教這門課的教授，是凱登看過最奇怪的人，他的名字是丸嘴教授。大家很快就發現，丸嘴教授是一個個性非常古怪老人，他的臉上有數不清的皺紋，頭髮則似乎因為用腦過度而顯得稀少。他對許多事情都有一套自己的看法。從學校以前的制度，到現在海佩斯特的學生有多麼無禮，這些事情他都可以批評。他似乎一點也不在乎課堂上是不是有人注意聽他講話。坐在凱登旁邊的麥克‧德夫小聲地和他說，丸嘴教授以前旅行的時候被綁架過，從那之後就小心翼翼的。任何事情都不跟別人講，所以也從來沒有人知道有關他家人，或是他平常生活上的事。

靡克正在教凱登如何用簡單的魔法讓他們在紙上畫出來的老虎互相廝殺，他和靡克還有麥克三個人玩得不亦樂乎，旁邊的派蒂擔心地看著他們三個，還有托格正和他的小囉囉保羅、耐吉低聲地不知道在說什麼。事實上，全班好像只剩下瓦多還有少數幾個人在聽著丸嘴教授說的話，瓦多則是一點都不受其他人干擾，默默地做著筆記。

「下個禮拜，」丸嘴教授忽然說，大家都嚇了一跳。「我要你們把課本第一章的重點統整出來給我，一上課的時候就交上來，聽到了嗎？」

班上傳出零零散散表示知道了的聲音。

「那就走吧，下課，」丸嘴教授簡短地說。

班上大部份的人都不知道該怎麼辦，因為大家剛剛根本都沒聽丸嘴教授到底在說什麼。

「天啊！該不會才開學第一個禮拜就要跑圖書館了吧！」靡克在走回宿舍的路上絕望地說。

「丸嘴教授的功課？」

凱登和靡克回頭，是凱莉。

「我聽說囉，」她看著凱登，凱登不用問也知道一定是有關他的姓氏的事。「放心吧，過一陣子就不會有人一直盯著你看了，只要你夠低調，」她笑著說。

「這應該不太可能，因為凱登今天才被大家發現他是拈花者，」靡克說。

「真的？」凱莉驚訝地問。「海佩斯特已經很久沒出現拈花者了耶。」她看起來很羨慕。

「我一點都不覺得這有什麼好處，」想到大家早上都用敬佩的眼神看著他時，他就覺得不舒服。

「凱莉，丸嘴教授的功課——」靡克張開嘴。

「休想，」凱莉打斷他的話。「要是你想叫我幫你的忙，我可是會跟艾拉說喔。我走了，好好寫功課吧！」

「哼！真是小氣，有什麼了不起，」靡克生氣地說。

凱登把蛋小心地放在床旁邊的桌子上，然後就睡著了。他做了一個夢，夢裡有一個很大的黑影，朝著凱登逼近，他想逃走，可是他的腳卻怎麼樣也動不了，他就快被抓到了——

「凱登，要去吃飯嗎？已經六點了，」靡克的聲音從房間的門口傳來。

凱登睜開眼睛，發現這只是一場惡夢。

　　當天晚上，他看著窗外的月亮準備入睡時，他又聽到了校園內不知道哪裡傳出動物低沉的聲音。

第七章：雲杉林旁的鄰居

　　開學的第一個禮拜，新生們都忙著記住每堂課上課的地點，這期間，鸚亞芮蒂、狐銀蜚墨、還有羚葛尼托的初學院代表都分別帶領新生一天。

　　如果說凱登不喜歡服基，那麼他對狐銀蜚墨的初學院代表，科隆・馬斯還有溫蒂・布克，簡直可以用厭惡來形容。

　　看起來只有服基那一群自以為高尚的人才喜歡和狐銀蜚墨的代表說話，其他人，包括凱登，都覺得他們對貴族這件事情小題大做。

　　「海佩斯特的規矩太上道了。我爺爺說，在他們那個時候，只有貴族可以和貴族在同一個教室上課，」科隆・馬斯在帶他們去上攻與守的時候，走在隊伍前頭大聲地說，旁邊的學生都點頭附和著。

　　「一直到現在的審判者席更・尤地上任後，他和德樂米特才把這個規矩改掉，」他繼續大聲地說，好像生怕有任何一個人聽不到他發表的言論。「我個人是認為，在我爸那時候的規矩，要比現在好上太多了。」

　　「謝謝你的見解，馬斯，」塔教授忽然從她的教室走出來，看著他。「我想，你和布克小姐可以回去了，謝謝你們把新生帶來上課。」她說完後，打開身後的門，讓新生進去。

　　凱登和靡克看到彼此的眼神後偷偷地笑了，想也知道，馬斯那種人不會有膽子在塔教授面前說任何一句批評海佩斯特的話。

　　塔教授身上散發出來的威嚴感是其他教授沒有的，丸嘴教授雖然脾氣壞了點，但是至少他上課的時候，學生可以在底下偷偷休息。塔教授就不一樣了，她露出一副「要是有人敢在她課堂上做出任何不符合規定的行為，她就會讓他好看」的表情。

　　「那麼，請各位把環爪拿出來，」塔教授剛剛在全班面前把一張桌子從咖啡色變成鮮紅色的。「現在，我們來練習本學期的第一個咒語，這是一種可以把東西變成不同顏色的咒語，但是，如果東西的面積太大，就可以看出你們的實力了。」教室內四處傳出環爪從書包拿出來的聲音。

「等我數到三，請大家把環爪對著桌上的課本，跟著我說一次『塔加拉米』。請注意各位的手勢，手腕的地方要放輕鬆，注意力要集中。一、二、三。」

「塔加拉米，」全班一起唸出咒語。

凱登的書在他面前變成深紅色。他看旁邊的靡克，他的書變成一半紅色，一半還是原本的綠色，再看更旁邊的蘇珊，她的書則是變成粉紅色。

班上只有瓦多一個人成功地把課本變成完美的鮮紅色，塔教授毫不吝嗇地誇獎他。

「非常好，伊得思先生，」她把瓦多的課本拿起來給全班看。「這就是手腕的力量恰到好處所顯現的效果。」

瓦多的臉因為害羞而漲紅。

塔教授把剩下的時間讓大家練習，凱登一共試了好幾次，才成功地把課本幾乎變成鮮紅色，右上方的書角，不管怎麼做，還是維持在綠色，他的手腕因為不斷地揮動變得酸痛。

「我希望，下次上課時，可以看見大家在宿舍練習的成果，」塔教授在下課前五分鐘的時候表示。

塔教授的作業，再加上其他教授這禮拜的作業，足以讓全班新生第一個禮拜無法鬆懈。

吃完晚餐後，外面開始起了薄薄的霧，還下起毛毛的細雨。靡克說要留在大廳和艾拉說話，凱登回到交流室的沙發上，和其他人一起聊天。

「我爸說，在我小時候，我曾經趁他不注意的時候，一把抓起他的環爪，拼命地亂揮舞，」維多・查爾斯說。「那時候，我還把家裡的屋頂擊破了一個大洞，我爸被我媽罵了一個早上。」

大家都被逗得哈哈大笑。

「我小時候也曾經拿我哥哥的環爪來玩，」瑞秋說。「但是，當時什麼事都沒發生，我爸媽還以為我根本就不會魔法，擔心我進不了海佩斯特呢。」

凱登打了一個大哈欠，他的手腕到現在還是隱隱作痛。他看到靡克從走廊進來，手上好像拿著什麼東西。

「給你，」他丟了一個滑特餅乾給凱登。「我剛離開大廳前去拿的，只剩最後幾個喔！」他笑著說。「對了，我剛剛在樓梯口遇到瓦多，他竟然說他要去圖書館，找有關花種子提煉技巧的書，真是瘋了！」

「是嗎？」凱登又打了一個大哈欠。「我好累，我要先去睡了，晚安。滑特餅乾我明天再吃，謝囉。」他和靡克說完就回到房間。

他把滑特餅乾放在旁邊的桌子上，順便看了一眼他的蛋，這個禮拜他都有試著記錄蛋的溫度，還有外觀的變化。但是，他覺得蛋好像根本一點變化都沒有，其他人的情形似乎也跟他一樣。

凱登又聽到校園內有動物在低吼的聲音，這次他趴到窗戶上，想找尋聲音的出處。外面的雨雖然不大，但是霧氣佔滿了整個校園，添加了一些陰森的感覺。

一個黑影似乎從蛋舍旁快速地閃過，凱登靠得更近，但是黑影已經不見了，低吼聲也消失了。

「可能只是一隻野狼發出來的聲音，沒什麼，」他告訴自己。

他躺在床上不到五分鐘就睡著了，連靡克跟其他室友進來了都沒感覺。

「我跟你說，那一定是五角鹿啦，」凱登把昨晚在窗外看到的事告訴靡克，靡克這樣說。「五角鹿喜歡在晚上到處跑來跑去，因為牠們白天很膽小，都不敢亂跑。我家後山的五角鹿就是這樣，他們有一次還在晚上偷咬我媽種在花園的菜，我媽好生氣。」

他們迅速地吃完早餐，立刻前往圖書館，想佔到好位置。去圖書館的路上，他們遇到了瓦多。

「瓦多，你要去哪？你不做功課嗎？」凱登問。他覺得瓦多的臉色好像又像之前那樣蒼白了。

「喔！我已經做完了，」他回答。「我現在要去外面，我想看看蛋在陽光下放一陣子後，會不會有比較明顯的變化。」

「真是個讀書狂，你說是不是？」靡克看著瓦多的背影說。

做作業花的時間比他們想的還要長，凱登和靡克花了很多時間研究丸嘴教授的功課到底要不要畫圖，凱登覺得畫出來，丸嘴教授可能會比較容易理解，但靡克覺得就算畫出來，丸嘴教授也可能根本不會去看。要是他心情不好，可能還會當著全場的面大聲罵他們。最後他們決定，還是不要自作聰明比較好。

凱登完成的速度比靡克快一些，他和靡克說，他要先回宿舍放好東西，等靡克回來後，他們再一起去吃午餐。

凱登一個人拿著他的東西，經過校園外的雲杉林，他四處亂看，想說會不會遇到瓦多，順便問他要不要一起回宿舍，待會一起去吃午餐。

凱登一邊找瓦多，一邊看著雲杉林裡，不知道是否會看到靡克說的五角鹿，這樣他就可以知道五角鹿的大小是不是和他昨天看到的黑影差不多了。

但是他什麼都沒看到，雲杉林雖然不會很陰暗，但是凱登有一種感覺，就是他越想看得仔細，好像就越看不清楚。

「午安，」一個聲音從他後方傳出，把他嚇了一大跳。

他轉頭看是誰在叫他的名字，那是凱登從來沒看過的男人，但他又好像和一般人有點不同。他身上沒有穿著像戴爾教授一樣的暗紫色斗篷，反而穿著暗綠色的衣服，下半身穿著咖啡色的長褲。他戴著一條非常別緻卻又粗曠的項鍊，手腕上似乎有繩子般的東西纏繞。

凱登盯著他，不確定要如何稱呼他。

「午安，先生，」凱登開口，他發現這個男人的身後還有一棟小石屋。

「你是新生？」他說。

「是的，先生，我的名字是凱登・察森，」凱登看著他。

這是第一次，在學校有人聽到他的名字沒有驚訝地看著他。

「我有預感近期會遇見你，察森先生。」他發現凱登只是盯著他看，又說：「抱歉，忘了自我介紹，我是海佩斯特雲杉林的守護者，冽準・末己。」

「你也是教授嗎？」凱登問，因為他怎麼樣也看不出他的來頭。

「不是，我只是負責守護雲杉林罷了，」他冷靜地回答。

「你剛剛說，你有預感最近會遇到我？」凱登好奇地問。

「至少，烈火中的倒影是這樣告訴我的，」他說。

「烈火中的什麼？」凱登不懂。

「烈火中燒起的倒影，這是我們精靈得知預言的方式之一，」他回答。

凱登其實一點也不懷疑冽準說他是一名精靈，連他都可以感覺得出來，冽準身上散發出來的氣息，好像和一般人不一樣。再來，冽準叫他的前幾分鐘似乎是在劈柴，因為他面前有許多已經劈開的木頭，他從來沒看過有人在劈柴的時候還是可以將身上的衣服保持得這麼乾淨，他的鞋子也沒有因為地上的泥土變得很髒。

「察森先生，」他露出笑容。「你要喝杯茶嗎？」他忽然問。

「什麼？喔，好的，謝謝。」凱登跟著冽準進到他身後的屋裡。

凱登注意到石屋的大門上有著他看不懂的標記符號。冽準的房子裡有一種茶樹的味道，角落燒著旺盛的柴火，他端了一杯茶到凱登面前。

「我希望你喝得習慣，我只有柑椏茶，」他不好意思地說。

凱登喝了一小口，只覺得自己在吃剛剛冽準劈開的木頭。他並不想失禮，眉頭卻皺著。

冽準看到他這樣，不自覺地笑了。「你讓我想到了你的父親，他第一次喝柑椏茶的時候，也是露出了這個表情。他和你一樣，不想失禮，表情卻無法說謊。」

「你認識我父親嗎，末己先生？」凱登問。

「請叫我冽準，我並不是學校的教授，你不需要稱呼我為先生或是教授，」他喝了一口茶。「我想，世界上只有精靈喜歡柑椏茶這種獨特的味道，」他又喝了一口。「抱歉，是的，我認識你的父親，伊恩·察森。」

「他是個怎樣的人？」察森想知道。

「他從一年級開始，也就是我認識他的時候，就是個非常不拘小節的人，至少我是這樣認為。這也是為什麼我非常喜歡他這個朋友，他很熱情，這是精靈最缺乏的，」他苦笑地說。

「你在我父親讀海佩斯特的時候就認識他了？」凱登驚訝地看著冽準，他看起來絕對不超過四十歲。

「時間對我們的影響和人類不同，我們老化的速度比人類還要慢很多，」他一眼就看出凱登的疑惑。

「我怎麼從來沒有在學校內看到你呢？」凱登雖然才來學校一個禮拜，但也不至於都沒有看過冽準才對。

「就像我剛剛說的，精靈不是熱情的生物，我們依然不喜歡被發現，」他停頓了一下。「但是，我想任何生物中都還是會有異類，所以我才選擇和人類生活在同一個環境之中，我也很開心德樂米特願意讓我住在這裡，」他說著。「只是，我想我還是比較傾向於待在校園的角落。」

凱登感覺腳下好像有東西輕輕地碰到他，他低下頭一看，那是一隻很漂亮的鳥，牠似乎想要凱登伸出手來摸摸牠，一直用牠的啄敲著凱登的小腿。

「那是叩弟，因為牠每次從雲杉林巡邏回來都會用啄敲窗戶，要我把牠放進來。」冽準從一個小罐子拿出一把飼料，放在凱登手上，凱登把手上的飼料放在叩弟面前，牠毫不猶豫地開始大快朵頤，還發出幸福的呼嚕聲。

「冽準，你知不知道什麼是五角鹿？」凱登想起靡克和他說五角鹿很害羞的事。

「當然，雲杉林裡有很多，怎麼了？」他好奇地問。

凱登把昨晚看到的事和冽準說。

「五角鹿是很害羞沒錯，通常，牠們不太離開雲杉林，因為裡面就有足夠的食物給他們吃了，」他好像也很疑惑。

「但是我真的有看到黑影，只是一下子就消失了，我從房間裡面看出來，也看不清楚，」凱登失望地說。

「雲杉林裡面有很多生物，大多都不太親近人，所以大部份的時間都待在森林深處，就算你想從外面看裡面有什麼，也看不太到。但也有可能和你的朋友說的一樣，是五角鹿在晚上偷偷跑出來，雖然不常發生，但的確也是有可能，」冽準說。

凱登回想剛剛他試著往森林裡看，卻越看越不清楚的感覺。「糟了！我忘了靡克在等我回去吃午餐！」凱登忽然想起來。

他匆忙地和冽準道別，還問他下次可不可以帶靡克一起來，冽準也開心地表示沒問題。

凱登急急地回到宿舍，靡克果然已經回來了。

「你跑到哪去了？」靡克看著凱登氣喘噓噓的樣子。

凱登把剛剛遇到冽準的事和靡克說。

「哇！精靈耶！」靡克興奮地說。「瑪姬跟我說過，精靈都很孤僻，沒想到海佩斯特竟然會有精靈。」

「嗯，他也說精靈不太習慣與人相處。所以他才一直住在學校的角落，」凱登回想。「不過，我有跟他說，下次我們一起去找他，他好像很高興喔！」

「真的？太好了！精靈耶！」靡克順口吃了一口凱登放在面前的紅豆湯。「噁！這真的好難吃。」

　　他們把下午的時間花在交流室，和其他人一起聊天，凱莉不知道從哪裡拿了一大堆食物給靡克，靡克拿出來跟大家一起吃，一邊討論為什麼大家的蛋都沒什麼變化。

　　「蛋應該不會孵化不出東西吧？」麥克擔心地問。

　　「我的蛋也是，我甚至覺得牠的溫度變低了，該不會是死了？」彼得說。

　　「不可能啦！我在圖書館的《飼育一手》書中有看到，蛋本來就不會有多大的變化，因為牠要一年的時間才孵化完成啊，」瓦多闔上他從圖書館借回來的書。「我想，可能要再過幾個月，才會有比較明顯的變化才對。」

　　大家聽到瓦多說的話後，似乎都放心了不少，畢竟，瓦多可是目前唯一被塔教授誇獎過的人。

　　「有人聽說了嗎？」一個不懷好意的聲音從走廊入口傳出來，那是服基。「有人在校園裡看到不尋常的東西喔。」

　　「是什麼東西，托格？」派蒂問。

　　「聽說，那是一隻很大的怪獸，」服基一旁的保羅瞇著眼睛。「牠在晚上會在校園裡到處亂竄。」

　　「有誰看到了嗎？」麥克大聲地問。「搞不好，只是從雲杉林跑出來的小動物而已！」

　　「是嗎？小動物怎麼會變成大怪獸呢？我可是從一名四年級的學生那裡聽來的，他說，從他房間的窗戶看出去，那個怪獸全身都是黑色的，而且還有利牙。」服基又在炫耀他認識四年級的學生。

　　凱登想起他昨天晚上也看到的黑影。他對靡克使了一個眼色，他們兩個回到房間。

　　「你覺得你昨天看到的，跟服基說的是一樣的怪獸嗎？」靡克不安地看著凱登。

「嗯，」凱登說。「我那天的確是看到一個很大的黑影，不會錯的。」

「但是，服基有可能只是在嚇大家而已啊！」靡克有點懷疑。「服基最喜歡做這種事了。」

凱登低著頭沒說話，靡克說得沒錯，服基的確很有可能在說謊，但是時間點怎麼會這麼湊巧呢？他前一天晚上才看到黑影，服基今天就說學校有看到怪獸的傳聞，太奇怪了。

「凱登，聽著，兄弟，」靡克擔心地說。「要是你再看到一次，我就和你去查清楚，好嗎？但是現在不能只聽服基說的屁話就一股腦地去查證，要是被威力還有他那隻煩人的小狐狸發現我們在校園裡亂晃，我們就完了。」

第八章：蛋的檢測

　　自從靡克和凱登提到有關校園內的怪獸後，校園裡還是陸陸續續有傳出怪獸的消息，但是凱登已經沒有從宿舍內看到任何黑影或聽到怪聲音了。

　　十一月的海佩斯特已經接近要下雪的天氣，校園內大家都穿著厚外套。

　　某天晚上，當大家吃完晚餐，坐在交流室聊天時，鸚亞芮蒂的初學院代表丹尼・艾文還有琳達・米思進來和他們說，隔天的孵化課改到東邊城堡的三樓。

　　「蛋的檢測，是為了確保各位的蛋目前的狀況都沒有問題而舉辦的。到時候，除了金絲雀教授會在現場幫大家檢查外，來蝠商店聘請的檢測師也會出現，」琳達・米思看著大家。「各位有任何關於蛋的問題都可以當場問他。」

　　「明天早上，請各位吃完早餐後，提早十分鐘出發到東邊城堡的三樓，希望各位不要遲到。」丹尼・艾文說完，就和琳達一起離開。

　　檢測蛋的前一天晚上，不知道是在交流室裡的哪個人提議要保養蛋，因為這個提議，大家好像也都認為要是明天檢測蛋，要是出了什麼問題會很丟臉，所以大家也都一股腦地回房間照顧蛋。

　　「首先，要把裝蛋的小盆子裝滿溫水，」同寢室的彼得看著課本說。「再來，小心地把蛋放在盆子內的凹槽中，水應該要達到差不多蛋的三分之二高。」

　　其他人手忙腳亂地開始去裝水，再小心地把蛋放進去。

　　「然後，用絨毛巾沾一點水，輕輕地擦拭蛋的外殼，」巴尼・庫魯接著說。「左手小心地扶著蛋，右手負責擦。」

　　大家照著巴尼說的做，小心翼翼地開始擦拭。

「課本上有說要擦多久嗎？」凱登問。

「上面寫，『請擦拭到蛋的溫度和水溫差不多，再開始感受蛋的心跳是否正常。』」彼得說。

大家又默默地擦拭蛋幾分鐘，等到蛋的溫度差不多和水溫一樣的時候，凱登把他的右手放在蛋的上面。

「我覺得根本沒什麼變啊！」靡克也把他的手放在蛋上。

凱登也覺得根本就沒什麼變化，蛋的心跳還在，要說真的有什麼不一樣，大概就只是蛋的溫度上升了。

東邊城堡三樓從走廊到檢測的教室都充斥著刺鼻的藥水味，凱登猜想，或許是因為每一年蛋的檢測都是在這邊進行，所以這裡才會有洗不掉的濃濃藥水味。

「好臭！他們到底用什麼東西來測驗蛋到底有沒有問題啊？」靡克摀著鼻子抱怨。不只是他，班上其他人也都用厚外套遮住鼻子。

「各位早安，」金絲雀教授跟平常一樣穿著全身鵝黃色的衣服。「這位是檢測師，福克先生。」

福克先生是一位矮小的巫師，他戴著一副眼鏡，嘴巴上方有看起來整理很久才變得整齊的八字鬍。他似乎一點也不覺得藥水的味道難聞，反而很興奮地看著大家手中的蛋。

「那麼，請等一下叫到名字的人，帶著你的蛋，進入後面的小房間，結束後，就可以先行離開，」金絲雀教授表示。「那麼第一位，緹娜‧季恩小姐，請妳先進去。」

緹娜‧季恩拿著手中的蛋，看起來很緊張地走進去。金絲雀教授和福克先生也接著進去，剩下的人坐在位子上等待。

不到十分鐘，緹娜就走出來，臉上的表情看起來也輕鬆多了。金絲雀教授出來叫下一個人的名字，大家七嘴八舌地問緹娜剛剛在裡面的狀況。

「其實他也沒有說什麼，只是看了一下蛋的外觀以及感受一下溫度，就和我說，我的蛋目前沒有問題，」緹娜說。

教室內的人越來越少，靡克也已經回宿舍了，他的蛋似乎也沒什麼問題。最後，當保羅也進去後，就只剩下服基跟凱登。

他們兩個安靜地坐在教室內，一開始彼此都沒有說話。

「我說你，」服基打破沉默。「你是不是很想去找我說的那隻怪獸？」

「為什麼？」凱登簡短地回答。

「因為你是『察森』啊！」他不懷好意地說著。「逞英雄的事，你應該會的很多，再說，你又是海佩斯特不知道時隔幾年後出現的拈花者——」

「我可沒那麼無聊，一天到晚到處炫耀我是拈花者的事，何況，我一點也不像你，喜歡逞英雄，」凱登不開心地打斷服基說的話。

「是嗎，我要是你，可就不會這麼有把握了，」服基看著凱登。

「你到底想說什麼啊，服基？」凱登也看著他。「我一點都沒興趣當什麼英雄。」

「話可別說得這麼早，等到你知道——」服基話還沒說完又被打斷，但這次是金絲雀教授。

「服基先生，輪到你了。」

凱登想知道服基剛剛沒說完的話是什麼，等到他知道什麼？服基知道什麼有關他的事，是他不知道的？

終於，輪到凱登檢測他的蛋，教室後面的小房間還是充斥著難聞的藥水味。

「你好，察森先生，請把你的蛋放在這裡。」福克先生的桌上有一盞小檯燈。

凱登把蛋拿出來，小心地放在桌上，檯燈似乎知道他已經把蛋放好了，自動對著蛋殼照出橘黃色的燈光。

福克先生用環爪變出一個連在環爪前端的放大鏡，仔細地觀察蛋的外觀。

「還不錯，」福克先生說，凱登鬆了一口氣。「蛋上面的羽毛非常漂亮，溫度……」他把手放在蛋的底部。「目前也還可以，最近天氣比較冷，沒事的話，盡量把蛋留在宿舍裡，比較溫暖。」

凱登點點頭。

「蛋的大小比其他的是小了一點，但這不是什麼大問題，能夠孵出健康的蝙蝠比較重要，大小完全不是重點，」他親切地說。

接著，他拿出一個小瓶子，裡面裝著藍綠色的液體。凱登一看就知道，教室和走廊傳出的藥水味，就是來自於這個藍綠色的液體。

福克先生把液體倒在蛋上，蛋完全沒有任何的變化。

「非常好，」福克先生讚美地說。「這代表蛋的清潔度還可以，並沒有任何病菌在上面，看來，你清潔得不錯。」

「請問，」凱登開口。「我要怎麼知道我的蛋不健康呢？」

「要用心啊，我的孩子，」福克先生回答。「當你撫摸蛋的外殼時，其實就代表你在和牠對話，只要你帶著愛心摸牠，就可以感受到牠的心跳。」

蛋的檢測就這樣結束了，凱登拿著蛋走回宿舍，路上遇到艾拉。

「哈囉，凱登，你好嗎？」艾拉開心地和他打招呼。

「哈囉，艾拉，我剛從東邊城堡三樓回來。」

「檢測蛋嗎？」艾拉看著他的蛋。「你的蛋看起來照顧得不錯，我記得我以前的蛋是淺黃色的。」

凱登想起靡克的蛋也是黃色，不自覺地微笑。

「我必須走了，下午還要上高階攻與守。下次聊了，拜。」說完她就和朋友一起離開。

「凱登，」又有人叫他。

他回頭看，是瓦多，但他不是很早就離開了嗎？

「你怎麼在這裡？」凱登好奇地問。「我以為我是最後一個。」

「我剛剛回去找金絲雀教授，順便問了她幾個問題，」他回答。「你的蛋也沒問題吧？」

「嗯，看起來是還不錯。哈哈，你呢？」凱登開心地笑著。

「也沒什麼問題，」他也笑著。「又下雨了！」瓦多忽然說。

他們兩個用跑的回到宿舍門口，但是大雨已經把他們淋濕了，凱登想起剛剛福克先生說，要讓蛋保持溫暖。

「快進去吧；」他急急地說。

「等等，」瓦多抓住他，他把他的環爪拿出來指著凱登的蛋，凱登看到他環爪上面的石頭是淺藍色的。「烘烘粗。」

他的環爪立刻散發出熱熱的蒸汽，微微地噴在凱登的蛋上。

「哇，太厲害了，瓦多！」凱登驚訝地看著。

「我在《飼育一手》看到後學起來的，書上說，這可以讓蛋保持溫度，卻不會太乾燥。」他繼續把環爪指向蛋。

他們兩個一直等到蛋都快乾了以後，才摸摸石獅子的下巴，進入新生宿舍。

他們進入交流室，看到靡克正在教維多‧查爾斯玩一種類似拼字的遊戲，其他人也充滿興趣地圍在旁邊看。其實基本上來說，玩法和普通的拼字遊戲完全一樣，只是這些被下過魔法的字母會發表自己的意見，來告訴玩家目前可以拼出什麼字，另外，積分的方式也有些不同。

靡克因為從小在巫師家庭長大，所以自然玩得比維多要好很多，而且，他也不像維多一樣，動不動就被字母罵人的聲音嚇到。

不到半刻，靡克就輕鬆地獲勝，維多的字母表則是互相責怪對方的腦袋沒有想出更厲害的字，才會害他輸掉比賽。

凱登回到房間，回想今天服基在東邊城堡和他說的話。他到底是什麼意思？他到底知道察森家族的什麼事？

他重新穿上厚外套，離開宿舍，去了圖書館。他想看看能不能查到一些有關他家族的事，就算一點點也可以。

他找到《古代巫師：貴族的高尚》這本書，作者是美勒達‧奇多達。他打開書的第一章，

「古代貴族，是由幾個古老家族的領導者所創立的。古代貴族的宗旨是要傳承良好的血統，為了讓之後的後代同樣擁有強大的魔力。

古代貴族為了保持最純的血統，通常不會有超過兩個孩子。多數人認為，要是一個家族有超過兩個孩子，便會減弱家族的魔力。

除了家族的聲望以外，古代貴族也有自己的象徵寶物，通常是只有自己的家族才會知道寶物的樣貌或是位在何處，但是因為太過於保密，有許多後代都不知道自己的祖先將寶物收藏在哪裡，導致許多家族早已遺失自己家族的寶物。曾經有人猜測過，大部份的寶物都是被完好的放置在望閣薨，但這從未被證實。

現今的審判者席更‧尤地在還未當上審判者時，曾經公開地發表他對於古代貴族以及一般巫師的看法：『我個人認為，古代貴族已經是很久以前祖先的認知了，現在的時代，應該將貴族還有一般巫師視為同樣的階級。』當時他說完這段話，立刻引起許多古代貴族的抨擊，只有少數的古代貴族支持他這番話，但他還是堅持自己的看法，讓他得到了一般巫師家族的支持，也讓他順利地當上現在審判者的位置。

幾年後，海佩斯特的校長，波加特‧德樂米特，更進一步支持席更‧尤地。他們同心協力地改變海佩斯特的上課方式，讓所有人都可以在同一個環境上課。

審判者的好評不斷，他也得到《和平象徵》的特級徽章，以及《公平巫師處理協會》的甲級獎項。」

接下來的內容提到了古代貴族的姓氏有哪些，並且提到目前的純種貴族已經所剩不多。

「難怪，」凱登心想。「服基一直強調自己就是古代貴族，而且還這麼不喜歡靡克，還有其他有超過一個兄弟姐妹以上的巫師。」

凱登的看法和席更‧尤地一樣，他認為是不是貴族根本不重要，更

何況，靡克是他進海佩斯特的第一個朋友，證明他根本不在乎自己是不是貴族。

　　凱登想再試著找找看有沒有更多古代貴族的書，但是大部份的內容都和第一本一樣，強調現在純種貴族已經越來越少，大家應該和一般巫師和平共處。

第九章：絲路馬

「你有寫信和爸說，你不回家過聖誕節了嗎，靡克？」凱莉戴著毛帽，圍著圍巾，走到新生桌旁問靡克。海佩斯特已經下起大雪了。

「我說過了啊，」靡克吃著炒蛋，一邊回答。「我還被那隻送信的小妖精咬了一口耶，妳看！」靡克伸出他的食指，上面還有淺淺的齒痕。

兩個禮拜前，靡克聽到凱登不回貓旅鎮過聖誕節，就說他會跟凱登一起留在宿舍裡，度過兩個禮拜的假期。

他們一起走到寄信的地方，靡克匆忙地寫了信，和布司特先生說他今年不回家過聖誕節了，還要他記得寄他手工做的杯子蛋糕給他。

就在他想從妖精的籠子裡隨便抓一隻出來幫他寄信的時候，有一隻醜妖精咬了他的食指一口！最後，靡克只好趁一隻妖精不注意的時候把信綁到牠脖子上，還信誓旦旦地說，等他的蝙蝠孵化出來後，絕對不會再來求妖精幫他寄信。

「白痴！」凱莉罵靡克。「要是你知道怎麼對付小妖精，就不會被咬了。你是活該。」

「不回家的話，就吃不到爸做的杯子蛋糕喔！」靡克家是布司特先生在負責所有的大小事。艾拉也走過來。「不過，凱登為什麼不跟我們回去呢？」

「我沒關係的，因為是聖誕節……」凱登其實好想去靡克家，從他出生以來就沒有慶祝過聖誕節，每年弗托舅舅都和平常一樣喝得爛醉，連棵聖誕樹都沒有。唯一的一次，弗托舅舅終於答應凱登會幫他買一棵聖誕樹，卻在平安夜那天喝醉酒，把樹推倒，整棵樹掉在壁爐裡，連消防隊的人都出動了。

「就是啊！下次凱登就一起來吧！爸媽會很高興的，瑪姬也會回來呢！」凱莉接著說。

　　凱登和靡克一起送凱莉還有艾拉到月台，靡克還跟艾拉保證他一定不會搗蛋，她們才上火車離開。

　　幾乎所有的學生都回家了，凱登和靡克在校園裡享受沒有人打擾的雪仗，玩到雙頰都通紅了，再坐在交流室的壁爐前，喝著從大廳拿回來的熱歐蕾。雖然學校的人剩得不多，但是食物還是一樣豐盛，連熱歐蕾上面都有像是前一秒鐘才擠上去的鮮奶油，最上面還放著一顆櫻桃。

　　凱登從來沒有像現在這麼開心。在海佩斯特上學，和靡克玩在一起，吃著好吃的食物，還可以坐在無比舒服的大沙發上和靡克玩拼字遊戲。

　　這套拼字遊戲是艾拉的，看得出來，艾拉平常也是高手，因為她的字母牌常常在他們還沒有想到要拼什麼字的時候，就已經在板子上吵成一團，大聲告訴他們應該如何獲得更好的分數。最後，他們被字母吵得無法思考，凱登提議到雲杉林去找冽準，他上次有和靡克說好要一起去拜訪他。

　　外面的雪越來越大了，他們在幾乎看不到路的狀況下走到冽準的石屋，凱登敲著他的門。

　　「凱登？你怎麼來了！」冽準看到他們，請他們進屋裡。

　　冽準房子裡的壁爐並沒有點火，凱登和靡克冷得直發抖。

　　「抱歉，我不曉得你們要來，不然我一定會事先生火。」他走到壁爐前面，嘴裡呢喃著他們聽不懂的咒語，火焰瞬間升起。

　　「精靈不怕冷嗎？」凱登發抖地問。

　　「會是會，不過我身上的衣服很保暖，所以才沒有生火，」冽準看著他們說。「我才剛巡邏完回來而已，你們真幸運，否則，你們就要吃閉門羹，又要冒著大雪走回學校去了。」

　　「你去哪裡巡邏？」靡克好奇地問。

　　「雲杉林裡，我每隔幾天就會去一次，」他把柑椏茶放到他們面前。「最近雪太大了，所以我去的次數比較頻繁，看看有沒有被凍傷的動物。」

凱登顧不得柑椏茶的味道，急急地喝下一口。

「叩弟呢？」

「還在雲杉林裡，」冽準說。「叩弟是適合生活在冬天的鳥類，牠會在裡面抓一些小老鼠來吃。幾個禮拜前，我發現有一隻五角鹿受傷了，傷口看起來是抓傷。」

「會不會是我上次和你說的怪獸？」凱登問。

冽準笑著看他。「不，我想應該不是你說的怪獸，有可能只是牠在和同伴打架的時候，不小心被其他同類的角刮傷了。」

「我們下次可不可以跟你一起去巡邏？」靡克問。

「這……」冽準看起來有點為難。「好吧，我想應該可以，但是你們不許跟任何人提起，好嗎？一般學生沒有教授的陪同就不能進入雲杉林。我不是教授，所以照理來說也不能帶學生進入。」

「太棒了！你什麼時候還要再進去？」凱登興奮地兩眼發光。

「禮拜四下午，吃平安夜大餐前，三點到這裡，可以嗎？」

冽準送凱登跟靡克回到學校，一路上施了一種魔法，把沿路的雪都退到兩邊，只留下中間的走道。

「巡邏欸！我敢說，我們是唯一參加過巡邏的新生！太棒了！」靡克在冽準離開後興奮地說。

星期四下午三點，凱登和靡克又冒著大雪來到冽準的小屋前面。他們看到冽準換上了和之前不同的衣服，他背後揹著弓箭，靠近腳踝的地方也放了一把小刀，腰部則掛著幾個小袋子。

「你們來的時候應該沒有被什麼人看到吧？」他有點不安地問。

「放心，沒有，」凱登回答。

冽準先把叩弟放出來。叩弟站在他的手上，聽冽準不知道在對牠呢喃什麼，下一秒鐘，叩弟就飛上天，進入雲杉林了。

「牠不跟我們一起走嗎？」靡克看著叩弟在天上。

「不，我先把叩弟放進去，如果有任何不尋常的消息，牠會自己找到我，和我說的，」冽準拿起手邊的東西。

凱登和靡克趕緊跟在冽準後面，一起往雲杉林走去。

凱登之前想看清楚雲杉林裡面，卻怎麼也看不清楚。但是現在他們和冽準走在一起，他覺得身旁的霧氣似乎變淡了許多，可以清楚地看到腳下的路徑。

「一般學生要是沒有教授或是我帶領，一定會迷路的。」

他們兩個聽到這句話，更貼近了冽準，冽準發現後笑著說：「不用這麼誇張，你們和我待在一起，就不用擔心迷路，或是被其他的動物傷害。」

冽準繼續往前走，一路上幾乎都沒有什麼異狀發生。

靡克忽然停下腳步。「那就是五角鹿，」他指著前方不遠處。

那是一頭看似很正常的鹿，但是牠頭上的角似乎有些不一樣，凱登想看清楚一點，便往前走了幾步。他發現，五角鹿頭上的角不是長在頭的兩側，而是長在牠的後腦勺，角的形狀像是天女散花一般完全遮住牠的頭。

「噓！不要動！」冽準低聲說，他要他們待在原地，自己卻往前走去。他輕聲地靠近五角鹿，嘴裡發出嗚嗚聲。

五角鹿抬起頭來看著冽準，牠沒有逃跑，卻也沒有靠近冽準。冽準從腰間的小袋子拿出一把飼料，放在手上，蹲下把手伸向五角鹿。五角鹿聞了聞他手上的食物，開始吃起來。

冽準回頭看著凱登和靡克，示意要他們小心地走過來。

「五角鹿是很膽小的動物，你們現在可以輕輕地摸他，但是絕對不要摸到牠的角，否則牠可能會攻擊你，」他輕聲地說。

凱登緩緩地把手放在五角鹿的背上，輕輕地撫摸牠身上的毛。牠沒有閃躲，還是繼續吃著冽準手上的飼料。

「好女孩，」冽準讚歎地說。

「你怎麼知道牠是母的？」靡克摸著五角鹿的背。

「五角鹿只會接近和自己不同性別的動物。」他溫柔地看著牠。忽然「唰」地一聲，叩弟不知道從那裡出現，停在冽準的肩膀上。

「怎麼了，叩弟？」他的另一隻手伸到他的肩膀上摸著叩弟，表情變得黯淡。

「發生什麼事了，冽準？」凱登不安地問。

「裡面好像有動物受傷了，我必須去看看。」冽準收起手中的飼料。

「我們也一起去，可以嗎？」靡克說。

冽準點點頭。「但是，絕對不可以離開我身邊，知道嗎？」他說完就站起來，往森林深處走去。

凱登和靡克緊緊地跟在冽準身後，雪越下越大，視線也越來越模糊。他們不知道走了多久，冽準一路上都沒有說話，只是有時候用手勢告訴他們，不要踩到地上的坑洞。

「停！」冽準毫無預警地停下腳步，凱登一頭撞上去。「蹲下，不要起來！」

凱登看到前方有某個東西倒在那裡，牠流著血，可以看得出來牠還活著，因為牠的四肢還在微微地掙扎，但是好像傷得很重。

冽準輕輕地吹了一聲口哨，叩弟立刻飛到那隻動物的身旁，牠降落在地上，沿著動物的四周繞圈，冽準也站起來，走到動物身旁。

他看著地上的動物，露出憂傷的表情，嘴巴唸出一段咒語，又用手指輕輕地劃過動物的傷口。神奇的事情發生了，動物的傷口慢慢地停止流血，牠也不再掙扎了。

「我必須和德樂米特說這件事，這已經是這個月第三次發生有動物被攻擊了，」他皺著眉頭說。

「你之前不是說，只是不嚴重的刮傷嗎？」凱登問。

「沒錯，之前的傷口的確是刮傷，但那是五角鹿，現在躺在這裡的是絲路馬，」他看著地上的動物。「絲路馬的個性非常溫和，幾乎沒有天敵，這是我第一次看到絲路馬受傷得這麼嚴重。」

「那現在怎麼辦？你不救牠嗎？」靡克擔心地看著他。

「我已經幫牠止住血了，目前應該不要緊，但是牠好像受傷很多天了，可能都沒有吃東西。」他想了一下。「我看，我還是先回去和德樂米特報告這件事比較好。走吧。」

凱登又擔心地看了一眼倒在地上的絲路馬，冽準看到後說：「別擔心，叩弟會留在這裡，要是再有什麼事，叩弟會立刻通知我的。」

他們再度起身往回走，冽準或許是因為著急，加快了他的腳步。

「馬上就要天黑了，還是走快點比較好，我不希望到了晚上還帶著你們在雲杉林裡。」他抬頭看了一下天空，大雪還是繼續在下。

他們終於看到冽準小屋冒出來的燈光，但是好像有什麼人站在那裡，他們再走近一看，那是德樂米特。

第十章：精靈的通知

　　德樂米特站在冽準的小屋前，好像早就在等待冽準還有他們一起走出來。

　　「晚安，」他微笑著看他們三個人。

　　「波加特，很高興看到你，」冽準上前說。

　　「晚安，德樂米特教授，」凱登說。

　　「請原諒我破壞了你們的規矩，擅自帶他們兩個進入雲杉林，」冽準看著德樂米特。

　　「我必須說，我看到有學生跟你從裡面出來，的確是很訝異，」他看著凱登和靡克。「這可是我有記憶以來，你第三次帶學生進入雲杉林。」他好像一點都不生氣。

　　「先進屋吧，波加特，」冽準打開門。

　　「呃……」凱登出聲。他不確定自己跟靡克是不是要先回學校，還是跟著進去。

　　「一起進來吧，察森先生，還有布司特先生，」德樂米特看著他們。

　　「好的，先生，」凱登和靡克不安地對看，他們兩個現在可是犯了校規。

　　一進到屋裡，德樂米特像是已經來了很多次一樣，立刻找位子坐下來，用環爪在火爐中變出一團火，冰冷的房間立刻變得溫暖。

　　「好了，冽準，請問你通知我來這裡，有什麼事嗎？」德樂米特有禮貌地問。

　　冽準是什麼時候通知德樂米特的？他明明到剛才都還和他們在一起啊！凱登瞄了一眼靡克，看得出來，他也同樣困惑。

　　「這個月已經三次了，」冽準皺著眉頭。「雲杉林裡的動物已經受傷了三次，就在剛剛，又有一隻絲路馬倒在路上。波加特，這可是我第一次看到絲路馬傷得這麼嚴重。」

「你有幫牠療傷了嗎？」德樂米特冷靜地問。

「嗯，我先幫牠止血了，但是牠還是很虛弱，」列準回答。

「傷口是？」德樂米特問。

「是抓傷，」列準回想。「但那絕對不是普通的抓傷，我看得出來，那感覺像是……」

凱登有一瞬間以為列準想不出任何詞彙來解釋他看到的傷口，但是他抬頭看著列準，他的臉色似乎是糾結著該不該說實話。

「……那感覺像是，狩獵者無心吃掉牠，只是在虐待牠而已。」列準看起來很生氣。

「雲杉林的動物應該都不會主動攻擊其他族群才對，」德樂米特表示。「我明白了，謝謝你通知我，我會去調查看看。」

「謝謝你，波加特，」列準說。「現在，我必須再去雲杉林，繼續照顧牠才好。」

「別客氣，這是我的校園，我這麼做是應該的，」德樂米特說。「但是，你結束後，難道不和我們一起回學校享用平安夜大餐嗎？」德樂米特似乎想問這句話很久了。

「不了，你也知道，我還是習慣一個人和叩弟在一起，叩弟現在還在等我回去，」列準笑著說。

「是嗎？列準，你應該多多和校園內的人相處，不然，大家到現在都還以為你是個難以親近的精靈呢！」德樂米特的眼神充滿笑意。

「波加特，你總是這麼誇張，我這不是和兩個新生成為好朋友了嗎？」列準看著他們兩個。

「沒錯，所以我剛剛才說，你絕對不會相信，我看到有兩個學生跟你從雲杉林裡出來，心裡有多大的安慰，」德樂米特開玩笑地說。

「好了，既然你還要回雲杉林，那我們就不打擾你了。平安夜大餐快開始了，要是你改變心意，要加入我們這些還待在學校的人，我們絕對歡迎你！」德樂米特從椅子上站起來，開心地表示。

列準也起身送他們到門口。凱登看了一眼列準，列準對他做了個口型：「沒事的。」

回學校的路上，德樂米特舉起他的手：「路路可。」雪地中出現了一條新的道路。「照照明。」他又變出一個路燈，一路跟著他們回到學校。

「我很開心今天看到你們兩個和列準在一起，」他忽然開口。「否則，我不敢想像我們要花多久的時間，才能在雲杉林裡找到你們兩個。」

「德樂米特教授，所以，我們不會受到處罰？」凱登問。

「不，當然不會，」德樂米特表示。「我一直認為，雲杉林裡的動物不會主動傷害人，但是以防萬一，學校才決定不讓六年級以下的學生前往。」

「德樂米特教授，」凱登又開口。「請問，你怎麼知道列準在找你？」

「精靈，是世界上自認為最與眾不同的物種，甚至比巫師更自以為是，」他回答。「列準雖然和大部份的精靈思想不一樣，但他也是用精靈特有的召喚方式通知我。不會精靈語的人，聽不見精靈在跟你說話。」

「這麼說，你會精靈語囉？」靡克問。

「是的，我會說精靈語，但是我必須說，精靈語太複雜了，我不懂為什麼他們所有的東西都有三種說法，」他笑著說。

海佩斯特大廳的門縫散發出絢爛無比的燈光，他們還沒進入，就可以猜想裡面有多麼豐盛的食物和裝飾。

德樂米特打開門，大家都已經入座了，只剩下三個空位，就是德樂米特跟凱登還有靡克的。

「真抱歉，我們遲到了，」德樂米特開口。「希望這沒有影響到各位的食慾。」

「怎麼會呢，德樂米特，」金絲雀教授臉紅地說，看來她已經喝了幾杯。

「那麼，就讓我們乾杯吧！」塔教授帶著大家拿起手中的杯子，露出了少見的笑容。

「聖誕快樂！」大家一起說。

加上凱登還有靡克，留下來過聖誕節的只有不到十個學生，但是大廳內的佈置就像是有上百個人要參加舞會一樣豪華。

凱登從來沒看過這麼大的聖誕樹，上面掛滿閃閃發亮的水晶球，它們時不時地自動換位。大廳的天花板掛滿了一直變換顏色的彩帶，還有看起來像是燈泡的小火球，就連桌上的餐具也和平常的不一樣。金絲雀教授用魔法變出漂浮在空中的音符，它們自動演奏出一首接著一首的聖誕歌曲。

「太棒了，我每年都要留在這裡過聖誕節！」靡克小聲地說，凱登聽到他這句話，也笑了。

「那麼，各位請開動吧！」德樂米特喝了一口手中的酒。「雖然我們都待在海佩斯特，沒有回自己的家，但我希望在大家心中，海佩斯特也是你們的家。」

醫護室的蘿柳夫人眼角泛著淚，她是一位心地善良又多愁善感的女士。

大家都站起身，各自去取自己喜歡吃的食物。

「凱登，最近還好嗎？」戴爾教授拿著盤子走到凱登旁邊問。

「我很好，戴爾教授，」凱登笑著說。

「那就好，」他看起來鬆了一口氣。「我本來還擔心，你知道自己是拈花者之後，會在意大家看你的眼光。」

「我本來是蠻在意的，」凱登說。「但是你也說過，就算我是拈花者，我還是必須繼續上課，對吧？而且，我到現在也還不知道那些種子到底有什麼用途。」

　　「我很高興你能這麼想，看來是我擔心太多了。」他看著凱登。

　　戴爾教授對他笑了笑，就回到他的位子，開始吃晚餐。

　　「凱登，你有吃這個嗎？」靡克夾了一塊派，放到凱登的盤裡。

　　「這是什麼？」凱登好奇地問。

　　「甜菜根蘆筍鮭魚派，我爸也很會做這道菜。」靡克吃了一口。「嗯，我想，海佩斯特出現了第一道稍微輸我爸的菜，」他笑著說。

　　凱登也吃了一口。「我覺得很好吃。」

　　「下次你來我家，我讓我爸做給你吃。」靡克吃了一口草莓起司蛋糕聖代。

　　晚餐結束後，大家繼續坐在位子上聊天，這時候的海佩斯特，不分師徒，大家就像朋友一樣說著各自想說的話題，就連丸嘴教授也看起來心情不錯，他正和兩個羚葛尼托的四年級學生聊天。

　　德樂米特走到窗邊，看著天空飄落的大雪。凱登走到他旁邊，

　　「德樂米特教授，你是不是在看冽準會不會來？」

　　「我每年都邀請冽準參加我們的平安夜晚餐，」他看著地上的積雪。「但是我知道，精靈是不過聖誕節的，即使是冽準也一樣，冽準願意生活在海佩斯特，我就很開心了。」

　　「為什麼只有冽準一個精靈待在海佩斯特呢？他沒有家人嗎？」凱登疑惑地問。

　　「冽準身上所發生的事，我想，我並沒有資格對任何人提起。」

　　「抱歉，教授，」凱登後悔剛剛問的話。「我並不是想從你口中打聽任何有關冽準的事。我也很喜歡冽準。」

　　「不，我了解，」德樂米特溫柔地說。「好奇並不是一件壞事，凱登。就像我剛才說的，我很開心冽準和學校的學生有互動。」

　　他們兩個看著外面的大雪。

　　「我想，你的母親，戴絲，一定會很以你為榮，凱登，」德樂米特

忽然開口。

凱登抬頭看著德樂米特。

「為什麼，教授？」

「因為，她和你一樣，也是一名拈花者。」他看著凱登。

凱登不知道自己應該要驚訝他的母親也是拈花者的事，還是驚訝德樂米特知道他是拈花者的事。「你怎麼知道我是拈花者？」他脫口而出。

「學校裡發生的事情，我一直在注意，」德樂米特微笑。「希望你可以和你母親一樣，在提煉課上得到很好的成績。」

「你也是拈花者嗎，德樂米特教授？」

「不，我不是一名拈花者，」德樂米特笑著說。「我記得，當年我上課的時候，連按照課本的方法都無法成功地將種子提煉成功。我必須承認，我還是比較依賴環爪變出來的魔法。」

凱登不知道這是不是德樂米特開的玩笑，所以他不敢笑出來。

「祝你聖誕快樂，凱登。」

「聖誕快樂，德樂米特教授。」

第十一章：轉角的對話

　　凱登一早就被靡克拆禮物的聲音吵醒，他揉著眼睛，還沒清醒過來。

　　「聖誕快樂，凱登！」靡克開心地說著，一邊又拿了一個在床邊的禮物。

　　凱登坐在床上，看著靡克。

　　「你在幹嘛啊？」他停下動作。

　　「我在看你拆禮物啊！」

　　「那你幹嘛不拆你的？」靡克疑惑地看著凱登。

　　凱登彎下腰，驚訝地發現自己的床邊也有聖誕禮物。

　　「我跟我爸說，叫他也織一條圍巾給你。」靡克看到凱登正在拆布司特一家人寄給他的禮物。

　　凱登又拆了第二個禮物，還是布司特先生寄來的，裡面裝著看起來非常可口的杯子蛋糕。第三個禮物是靡克給的，他送給凱登一大包滑特餅乾。

　　凱登一點都不期待會收到弗托舅舅寄來的聖誕禮物，他甚至從一開始就不期待會收到任何禮物。

　　地上有一封信，凱登把它拿起來打開，

　　「親愛的凱登還有靡克，上次在雲杉林裡找到的絲路馬已經好多了，我餵牠吃了一些食物，現在也已經可以走路了。我希望波加特沒有責怪你們和我進入雲杉林的事，要是他真的要處罰你們，請來信跟我說，我會跟他解釋。最後，我祝你們聖誕快樂。 列準・末己。」

　　「列準還真是長話短說的人，是吧？」靡克看完信後表示。「不過真是太好了，絲路馬已經沒事了，我本來還擔心牠的傷勢一定會很嚴重。」

　　「不過，攻擊絲路馬的東西，到底是什麼呢？」凱登想不通。

「我記得列準說，絲路馬非常溫和，也沒有什麼天敵，對吧？」靡克開始吃布司特先生寄來的杯子蛋糕。「嘿！你漏了一個禮物！」他指著凱登床下。

凱登再次低下頭，發現還有一個包裝好的禮物，被床下的影子擋住，所以剛剛才沒發現。

他把它拿起來，發現這個禮物的重量比剛才的都要重。他把包裝紙拆開，是一本書，封面寫著《拈花者：提煉與運用》，他一看就知道是戴爾教授寄的，不禁露出微笑。

凱登跟靡克把接下來的假期都花在交流室裡，他們現在習慣起床後到大廳吃飯，然後回到交流室，在溫暖的火爐邊取暖。布司特先生織的圍巾非常舒服，上面還有玫瑰花的香味。

假期結束後，學生們都回到海佩斯特，準備開始下學期的課程。

「瓦多，你沒事吧？」凱登覺得瓦多的臉色比放假前更不好了。

「我最近總是打瞌睡，怎麼睡都還是覺得好累，頭也時不時暈暈的，」瓦多打了一個大哈欠。

「你是不是讀書讀太多了啊？」靡克懷疑地說。

「不舒服的話，還是去醫護室找蘿柳夫人比較好喔，」派蒂說。「上次蘇珊不舒服的時候，我陪她去，她在哪裡住一個晚上就好很多了呢。」

「是嗎？那我也去，看看蘿柳夫人可不可以給我藥吃。」他說完就起身離開了。

結果，瓦多整個下午都沒有回來上課，凱登認為他可能和蘇珊一樣，被蘿柳夫人留下來住一晚。

「好了，現在，請各位把這禮拜觀察蛋的報告交給我。」下學期的孵化課從早上變到下午。

大家的蛋在經過幾個月後，好像和一開始比起來都有比較明顯的變化。有些人的蛋明顯地變重，也有些蛋的顏色開始變深，還有一些人的蛋溫度開始變高了。

「這些都是很正常的狀況，」金絲雀教授說。「這代表著，各位的蛋都在健康地成長，我希望各位可以繼續讓蛋保持目前的狀況。再過兩三個月，學校就會把蛋收走，各位要等到暑假才會見到孵化出來的蝙蝠。」

「金絲雀教授，」彼得舉手。「妳說學校要把蛋收走，是什麼意思？」

「蝙蝠孵化出來的前幾個禮拜，學校會幫你們把蛋放置在安全的地方，」她回答。「為了確保各位的蝙蝠會成功且健康地孵化出來，以及各位二年級分班的結果，也是依照蝙蝠在孵化的前一刻，蛋殼的顏色來決定，這些，我開學的時候就和各位解釋過了。」

「教授，」這次服基開口了。「如果，最後分到的學院不是自己想去的，該怎麼辦呢？」

「這一點，請各位不用擔心，」金絲雀教授耐心地解釋。「在各位照顧蛋的過程中，蛋所接受到的訊息是不會錯的，我希望各位可以了解一件事，分派到哪個學院並沒有好壞之分，這只是依照每個人的個性不同所分派的。」

凱登看到服基看了他一眼，他可不想在二年級的時候發現自己和服基被分到同一個學院。

「我敢說，服基一定想被分到狐銀蚩墨，」靡克下課後說。「他們一家人都是從狐銀蚩墨出來的。」

「狐銀蚩墨怎麼了嗎？金絲雀教授不是說，分派學院只是因為每個人照顧蛋時的個性不一樣而已？」

「是這樣說沒錯，但是，狐銀蚩墨出來的巫師都不是什麼好人，他們大多都和服基一樣，認為古代貴族才是真正的巫師，」靡克憤憤地說。

吃完晚餐後，大家陸陸續續地回到宿舍。

「靡克，你先回去好了，我想去一下圖書館，」凱登忽然說。

「你幹嘛？該不會被瓦多附身了吧？」靡克看著凱登。

「怎麼可能，我想去圖書館查一下絲路馬的事情。」他們正好經過雲杉林，裡面又跟凱登一開始經過的一樣，霧茫茫的一片。

「要我跟你一起去嗎？」靡克說。

「沒關係，你不是還沒寫完丸嘴教授的功課？我自己去就好，不會太晚回去的，」凱登說。

「要是你超過十點還在校園裡晃，被威力看到就糟了，」靡克擔心地說，這次，冽準沒有在他們身邊，沒有人可以替他們說話。

「我知道，我會注意時間的，待會見！」凱登說完就轉身走到圖書館。

「我那天看到的黑影，到底是不是攻擊絲路馬的兇手？」凱登走到多樣獸類書櫃前，開始找資料。

他找到一本介紹絲路馬習性的書。

「絲路馬，二級珍貴動物，生活在寒冷地區的草原或是森林裡。雖然絲路馬個性溫和，但不喜歡群居生活，傾向於獨來獨往，也不太親近人類。」

「所以那天冽準才會先讓叩弟去觀察絲路馬的傷勢，」他往後翻了一頁。

「絲路馬的天敵少之又少，一來是因為牠們喜歡躲在不容易被發現的地方，另一個原因是牠們不會主動攻擊任何其他的物種，要是牠們發現有威脅性的生物接近牠們，就會立刻躲開。絲路馬體型較大，所以速度並不快，一旦被具有攻擊性的生物攻擊，想逃脫很困難。能夠攻擊絲路馬的動物，體型也一定會比絲路馬還大。

絲路馬喜歡吃露珠草，露珠草是只生長在未受污染土地的植物，因此，許多人也認為絲路馬的血液很乾淨，甚至可以有讓人變強壯的效用。」

「那天的絲路馬的確看起來傷勢嚴重，」凱登回想。「可是，冽準那天說，傷害絲路馬的動物不想殺死牠，感覺只是想虐待牠而已，這又是為什麼？」

「已經十點了，快回宿舍！」圖書館的糖球夫人忽然大聲地說。

凱登抬頭一看，發現的確已經很晚了，他趕緊把書放好，準備離開。他一邊回想剛剛書中的內容，一邊後悔怎麼沒有想到要把那本書借出來，等回到宿舍，他就可以給靡克看了。

他經過一個轉角，赫然發現德樂米特教授和塔教授在辦公室外面說話，他急忙停下腳步，不想被德樂米特教授知道自己到現在還沒有回到宿舍，現在已經十點了。

他在距離他們不到十步的地方，可以清楚地聽見他們的談話。

「德樂米特，現在我們應該怎麼做？」塔教授聽起來似乎在擔心什麼事。

「我們什麼都無法做，妮法，我真的很遺憾，」德樂米特嘆了一口氣。

「發生這種事情，難道我們什麼都做不了？」塔教授聲音顫抖地說。

「我們應該慶幸我們已經及早發現了這件事，」德樂米特回答，他的聲音恢復冷靜。「我想，我們目前能做的，就只有控制現狀，直到我們找到可以解決的方法為止。」

塔教授安靜了幾秒後，再次開口。「我真的不敢想像，學校裡的其他人知道這件事之後，會有什麼反應，德樂米特。」

「我並不打算讓其他人知道，」德樂米特稍微壓低聲音，凱登悄悄地往前移動一步，想聽得更清楚。「我希望，這件事在學生中可以完全保密，可以嗎，妮法？」凱登聽得出來，德樂米特雖然在請求，但其實是在要求塔教授，絕對不可以把他們現在討論的事說出去。

「我知道了，」塔教授的聲音聽起來平靜了許多。「我絕對會守口如瓶的，這一點，你可以放心。」

「謝謝你，妮法，」德樂米特說。「我會再和其他教授說明這件事的。晚安。」

凱登立刻向後退了一步，還好，德樂米特往另一個方向離開了，塔教授也回到辦公室裡。

凱登又等了幾分鐘，才小心地從轉角走出來，他悄悄地經過教授辦公室，準備回到宿舍。

「德樂米特和塔教授剛剛在講的事到底是什麼？」凱登一邊走一邊想。「學校難道發生了什麼事？」

他的肩膀被碰了一下，他整個人嚇到震一下。

「瓦多！」凱登低聲喊。

「你怎麼還在外面？已經超過十點了耶，」瓦多小聲地說。

「我剛剛去圖書館，忘了時間，現在才回來，你呢？」

「我剛從醫護室回來，蘿柳夫人的藥茶真的很厲害，我覺得我好多了。」他看起來的確比今天早上還有精神。

「是嗎？那太好了！」凱登回答。

「嗯，但是她還是叫我明天再回去給她檢查一次，」瓦多無奈地說。「我想應該只是最近太累了而已。」

「我想，你是去圖書館去太多了，」凱登笑著說。

他們兩個一邊小聲聊天，一邊走回宿舍。凱登跟他說金絲雀教授交代再過兩三個月就要把蛋收回去，還有二年級分學院的事。

「不過，還真是讓人期待，對吧？我是說，分學院的事，」瓦多興奮地說。

「是嗎？比起期待，我好像比較擔心耶，」凱登說。「你有想去的學院嗎？」

「嗯……」他想了一下。「鸚亞芮蒂，你呢？」

「我好像沒想過這個問題，」凱登回答。「不過，只要不是狐銀蚩墨就好了，我可不想在暑假的時候接到通知說，我跟服基進了同一個學院。」

「哈哈！」瓦多笑了。「服基的確像是會進入狐銀蜚墨的人。」

他們小心地進入宿舍，凱登進房間的時候，靡克正好洗完澡。

凱登立刻把剛剛在轉角處聽到德樂米特和塔教授的對話告訴他。

「海佩斯特難道真的發生了什麼事？」靡克困惑地說。「但是，到底有什麼事，連德樂米特都這麼擔心？」

「會不會是學校裡有什麼秘密被發現了？」凱登連澡都沒洗，累倒在床上。

他已經好久沒有做這麼清晰的夢了，他夢到德樂米特站在一個地方，地面上有人倒在那裡。他看起來很擔心地看著倒在地上的人，凱登想看清楚倒在地上的到底是誰，他跑過去，卻看不到路，他越想跑到德樂米特旁邊，就離德樂米特越遠，他大叫德樂米特的名字，但是德樂米特沒有聽到。

隔天早上，凱登起床後，發現全部的人都聚集在公告欄前面，他跟靡克好奇地往前，想看清楚大家到底在看什麼。

「所有學生請注意，從今天開始，禁止學生在晚間的時候，單獨在城堡以外的地方走動，警衛兼管理員威力先生將會加強巡邏，請所有學生配合。」

凱登往下看，發現簽名的人是塔教授。他把靡克往後拉出人群。

「一定是有關德樂米特跟塔教授昨天晚上的對話，看來學校好像真的發生了一些事，」他小聲地說。

他發現服基站在門口，旁邊還有跟雪怪一樣高大的保羅跟耐吉。服基露出了不懷好意的笑容，好像剛和他們兩個說完一件讓他很開心的事。

「服基會不會也聽到德樂米特跟塔教授的對話？」靡克問凱登。

「應該不可能，昨天晚上我站的地方只有我一個人，德樂米特離開的時候是往另一個方向走，要是服基在那裡的話，肯定會被德樂米特發現。」

第十二章：服基的挑舞

　　「這麼多作業，我們要寫到什麼時候才寫得完！」馬利・尼斯坐在交流室裡大喊。

　　他並不是唯一一個這樣認為的人，雖然今天是假日，但是大多數人都和大家一樣，坐在交流室裡，寫著這個禮拜的作業。

　　再過兩個月就要期末考了，雖然凱登才一年級，但是教授們似乎不認為一年級的期末考就可以過得比較輕鬆。金絲雀教授的作業還是和平常一樣，要觀察自己蛋的變化。九嘴教授則是派了一整頁的歷史習題給他們完成，還有塔教授要他們解釋在漂浮咒語、換色咒語、還有移動咒語中，手腕姿勢的不同之處。基本魔法急救知識的葛娣教授的作業相對來說就簡單得多，這也是大家最有把握的一門課。

　　在所有的新生中，只有一個人坐在沙發上，看著自己的書，那就是瓦多。

　　自從他上次去過醫護室後，蘿柳夫人一直要求他每隔幾天就回去讓她檢查一次，但這完全沒有影響到瓦多功課的進度，他依舊在每堂課的表現都很好，連作業都是班上第一個完成的。

　　「我不行了，」靡克生氣地把筆丟在桌上。「漂浮咒語的『飄飄起』跟移動咒語的『微微移』，這兩個在使用環爪的時候，手腕到底有什麼不一樣？」他生氣地翻著《初級環爪使用一》，想找出答案。

　　這時凱登也在傷腦筋，不知道九嘴教授派出來的功課的第八題，「請解釋為什麼靈魂在巫師死後不會立刻離開巫師的身體？」有什麼答案。

　　「差別就在於，當你使用『微微移』的時候，手腕的重點是小幅度地揮，而不是揮舞，」坐在沙發上的瓦多看了一眼靡克的作業，

　　「『飄飄起』的時候，手腕是輕輕地點，而不是彈。」

「謝了，瓦多，」靡克闔上課本。「看來，你二年級是去定了鸚亞芮蒂。」

「還有，凱登，」他不理會靡克。「靈魂離開巫師的原因是自己決定的，你寫成非自願了。另外，幽靈會選擇成為幽靈，不屬於靈魂出竅的一部份。」

「哪裡？」凱登拿起他的作業。「喔！難怪我唸起來怪怪的，謝了。」

他們花了一整個下午的時間整理金絲雀教授的觀察記錄，兩個人都因為忘記而少記錄了三天。

「那我就寫說，今天的蛋溫度好像降低了一點，這樣好了，」凱登努力地回想，還是想不出任何東西。

「不行喔！」瓦多看著他的記錄表。「在這個時候的蛋，溫度是不可能變低的，除非已經不健康了。」

凱登又把他寫好的地方劃掉。

隔天的花種子提煉課，戴爾教授為大家準備了稍微超過一年級程度的課程。

「落地蕨是很常見的一種蕨類，」他邊走邊解釋。「這種蕨類的種子，只要一碰到物體跟水，就會開始落地生根，所以很多大樹旁邊都可以看到落地蕨纏繞在上面。」

「現在，請各位來這裡領落地蕨的種子，」他拿出一個小布袋。「請小心不要掉在地上，否則，它們立刻就會長出來了。」

凱登把落地蕨放到小火爐裡，火爐的上方有像機車排氣孔的小煙囪，不讓煙霧薰到眼睛裡。

種子沉到火爐的底部，果然，才不到幾分鐘，落地蕨就從水底浮出水面，而且還把火爐纏繞住。

「非常好，」他經過凱登的火爐時笑著說。

他繼續去看其他人的狀況如何，不時地發出讚歎聲。

「因為這不是一年級的課程內容，所以這次的考試不會有關於落地蕨的考題，請各位放心。那麼，祝各位的考試順利，」他笑著對大家說。

凱登正要離開，戴爾教授把他叫住。「凱登，可不可以麻煩你，把這個交給瓦多？」他手裡握著一把東西。

「當然可以，」凱登回答。

戴爾教授把手裡的東西放在凱登手上，凱登認出來是剛剛上課時練習用的落地蕨種子。

「瓦多今天沒辦法來上課，但是他有拜託我讓他練習，麻煩你幫我轉交給他，好嗎？」戴爾教授說。

凱登把種子好好地放在長袍的口袋裡，以免自己忘記待會要轉交給瓦多。

基本魔法急救知識的葛娣教授要大家兩個人分成一組，凱登正想轉身和靡克一組的時候，葛娣教授忽然把他跟服基抓到大家面前，要他們兩個人做示範給大家看。

雖然他們兩個極度討厭對方，但在葛娣教授還有全班面前，還是裝作沒事的樣子把示範完成。葛娣教授似乎沒有發現在他們示範的過程中，兩個人的眼神都一直瞪著前方，誰也不看誰。

「就如同察森先生還有服基先生示範的一樣，」她把他們兩個從教室的地上扶起來。「當各位受傷時，絕對不要勉強使出魔法或是想站起來，保持你們倒下的姿勢，要是可以的話，請把頭部朝上，免得遭遇更多的危險，而自己卻不知道。要是同伴沒有受到傷害或是傷害得沒有很嚴重，應該先確定倒下的同伴傷勢如何，再決定是否要撤退或是繼續奮鬥。現在，請和你們的同伴一起練習，我會去一個一個指導你們。」

「你們兩個先待在這裡，」葛娣教授在他們要回到座位的前一刻對他們說。「等一會可能還需要你們的幫忙。」

他們兩個坐在教室前方，雖然都不想和對方有交集，但命運好像就是這麼愛捉弄人。

「你是不是很想進豹希迪烈？」服基開口。

「我不知道，服基，這很重要嗎？」凱登懶洋洋地回答。

「我就想進狐銀蚩墨。」靡克猜對了，服基果然想進狐銀蚩墨。

「為什麼？」凱登問。

「不為什麼，」服基看著保羅跟耐吉練習。「只因為我們家從以往到現在都是狐銀蚩墨出來的，所以我才問你，你是不是很想進豹希迪烈？」

「我父母是豹希迪烈出來的？」凱登不想在服基面前表現自己對父母什麼都不知道的一面。

「哼，你連這個也不知道？」服基不屑地說。「不過，豹希迪烈連布司特的姐姐們都可以進入了，我想這沒什麼好炫耀的。」

「閉嘴，服基！」凱登生氣地看著服基。

「怎麼？我有說錯？」服基討人厭地說。「要是連古代貴族以外的人都可以進的學院，我可是一點都不屑，我不敢想像之後每一年都要和他們一起——」

凱登連自己都還沒反應過來，他的手就先反應了，他揍了服基的臉一拳，他氣炸了。

服基也不甘示弱地揍了凱登的下巴，一時之間，他們兩個都抓著對方的領子。

大家都停下練習的動作，看著他們兩個。葛娣教授立刻氣沖沖地快步走過來。

「你們兩個在做什麼？」她大喊。「立刻給我放開手！現在就放手！」

他們兩個惡狠狠地看著對方，這才把對方的領子放開。

凱登的下巴被揍傷了，但服基的臉上也掛了彩。

「是察森先動手的，」服基先告狀。

「要是你嘴巴放乾淨一點，我或許就不會忍不住打你了，」凱登看著服基。

「夠了！」葛娣教授大聲說，「你們兩個現在就到辦公室報到，快去啊！」

他們兩個又惡狠狠地瞪了對方一眼，才轉身走到教授辦公室，凱登飛快地看了一眼靡克，他正擔心地看著他。

服基和凱登一路上都不和對方講話，凱登從出生到現在，從來沒有像今天這麼生氣。

辦公室的門在他們還沒敲門之前就打開了，是塔教授。

「好了，葛娣教授已經告訴我，你們兩位當著全場的面打架？」她又驚訝又生氣地說。「告訴我，到底是怎麼回事？」

他們兩個還是一句話都不講，塔教授似乎也不以為意。

「不想說？」她瞄了他們兩個一眼。「那好，服基先生，你下禮拜二晚上七點來找我報到。」她看到服基要開口反駁。「蔡森先生，你則是下禮拜二晚上七點去找丸嘴教授報到。」

凱登聽到丸嘴教授的名字，開始後悔剛剛沒有開口解釋，在解釋為什麼和服基起衝突跟單獨找丸嘴教授之間，他寧可選擇說實話。但是已經來不及了，他知道塔教授說出口的話是不可能有變動的。

「我會再和丸嘴教授說明的，記住，不要遲到了！」塔教授說。「你們可以離開了，」她說完就直接轉身回到辦公室。

「所以，你跟服基到底在吵什麼？」回到宿舍後，靡克立刻走到他旁邊問。

凱登的下巴已經被蘿柳夫人上藥了，她交代他的傷口最好不要碰到水。

「我不是說了嗎？」凱登倒在床上。「服基裝得一副很清高的樣子。」他不想讓靡克知道服基說的話，免得他也衝下去把他揍一頓。

「服基不是一直都自認為他很清高嗎？這有什麼好生氣的？」靡克懷疑地說。

「不知道，」凱登閉起眼睛，「我下個禮拜二晚上還要去找丸嘴教授報到。」

「禮拜二？那是瓦多答應幫我們複習攻與守的晚上，」靡克說。

「沒辦法，你幫我聽好了，我回來再問你，你覺得丸嘴教授會要我幹嘛？」

「應該就只是幫他整理整理一些資料吧，我猜，」靡克也倒在他的床上。

凱登一想到服基今天那副驕傲的嘴臉，心中就不自覺地冒出一股怒氣。

星期二晚上，凱登吃完飯，就從大廳直接離開，到東南邊城堡的頂樓，準備找丸嘴教授報到。他實在不明白為什麼這個時間丸嘴教授還待在教室，而不是回到辦公室。

等他爬到頂樓，他覺得剛吃完的晚餐都已經被消化完了。

他緊張地敲敲門。

「請進，」丸嘴教授的聲音從裡面傳出來。

凱登打開門，進入教室。

「察森先生，」丸嘴教授坐在椅子上，聽到他開門的聲音便抬起頭來。「塔教授已經和我解釋過了，請坐。」

他用環爪點了一下他對面的椅子，椅子自動拉出來，凱登坐在椅子上，不安地看著丸嘴教授。這是他第一次單獨和丸嘴教授見面，不知道他今晚心情好不好。

「那麼，我們就不要浪費時間，」他用環爪指著身後的櫃子，一個抽屜被打開，裡面飄浮出一疊紙，降落在凱登的桌上。「麻煩你幫我把這些按照字母分類，這些都是好幾年前學生的考卷，我一直沒機會整理。」

丸嘴好像沒有要過問為什麼凱登會被處罰，這也讓凱登鬆了一口氣，幸好丸嘴教授的心情看起來好像沒有很糟，他注意到丸嘴教授的桌子前方放著一杯葡萄酒。

「只要做完這些，我就可以離開了嗎，教授？」凱登小心翼翼地問。

「嗯，」丸嘴教授簡短地回應。

凱登立刻開始分類，他想早點結束，回去聽瓦多幫忙複習有關攻與守的期末考內容。

他先按照年代分類，把最以前的放在最後面，再按照每個人的姓名來排順序。他一邊整理，一邊無聊地看著考卷的內容，可惜這並不是一年級的考題，而是以前三年級的題目。

「請寫出豹希迪烈所象徵的動物及學院精神？」

「什麼嘛，這題目未免太簡單了，新生宿舍的交流室裡就有，」凱登一面心想。

「請解釋海佩斯特的安全性及防禦能力？」這題就有點難度了，凱登偷偷地瞄了考卷上的答案。

「海佩斯特之所以這麼安全，是因為沒人會蠢到進入海佩斯特來搶劫，」考卷上寫了這樣的答案。

凱登默默地憋笑，想看看這是誰寫的答案，他把考卷慢慢地往下移，名字映入他的眼簾。

伊恩‧察森

他的雙手因為驚嚇而震了一下，丸嘴教授抬起頭來看了他一眼。他立刻裝作沒事，假裝是不小心踢到桌子。他在圖書館找了那麼久，都沒有有關他父母的事，卻意外地在這裡看到他父親的名字。他一直盯著考卷看，完全沒注意丸嘴教授已經抬起頭來看著他了。

「我希望你三年級的時候，不要和你父親寫出一樣的答案。」

凱登這才發現丸嘴教授在對他說話，他看著丸嘴教授。

「教授，你教過我父親嗎？」他問。

「我當然教過，」丸嘴教授回答。「我在海佩斯特已經教了快四十年的書了。你的父親，伊恩‧察森，還有你的母親，戴絲‧察森，都曾經是我的學生。」他把眼鏡拿掉，好像試著在回憶以前的事情。

「戴絲是個溫柔的好孩子，她和你一樣，都是拈花者，」他緩緩地說。「至於你的父親，伊恩，是位具有號召力的人。」

「號召力？」凱登不懂。「我父親有號召什麼事嗎？」

丸嘴教授喝了一口葡萄酒。「伊恩有一種天賦，是別的學生沒有的，雖然這讓他得到了許多朋友，但同時也讓他樹立了許多敵人，沒錯，發生在他們身上的事，我非常遺憾。」他的臉暗淡了下來。

「他們發生了什麼事，你可以告訴我嗎，教授？」凱登問。

「這，很抱歉，我也不知道真正發生了什麼事，但是我知道，一定是非常難以啟齒的事，審判者和德樂米特才會封鎖這個消息，」他回答。

「德樂米特教授知道我父母發生了什麼事？」凱登驚訝地問。「他和審判者封鎖了什麼消息？」

「當然是你還活著的消息啊！」丸嘴教授忽然大喊。「他們可不想再為你招來什麼麻煩！」

「我？」凱登不懂。「我活著會招來什麼麻煩？」

「聽著，孩子，」丸嘴教授說。「只要『他們』知道你還活著，就不會放過你，你可是察森家族的最後一條血脈啊！不然，你以為大家為什麼都認為察森家族已經沒有後代了？直到你出現在海佩斯特，大家才用一副看到幽靈的表情看著你？」

凱登開始回想他第一天上課，走進大廳時，所有人都想看清楚他的表情、服基問他的話、還有靡克在火車上聽見他的名字的反應。

「不過，現在你不用擔心了，」丸嘴教授似乎冷靜下來。「現在你在海佩斯特，你很安全，至少在你畢業前，你都可以不必擔心。海佩斯特的安全政策，可是全校老師和德樂米特一起實施的。」

凱登的心思在他腦中跑得飛快，原來，德樂米特一直都知道他父母親發生了什麼事，那他為什麼不告訴他？還有那個審判者也知道？為什麼這麼多年，他們都不曾來找過他、和他說他以後會到海佩斯特唸書，或是告訴他，他的父母是怎麼死的？

「九嘴教授，你剛剛說……『他們』？難道……我的父母是被殺死的？被誰？」凱登心裡立刻閃過一個名字。「幽匕儡‧撒肯？還是他的爪牙？」他不確定地問。

九嘴教授臉色「刷」地一下變了，他看起來很後悔剛才因為一時激動而告訴凱登這麼多事情，他的臉不知道是因為緊張，還是因為葡萄酒的關係，開始微微發紅。

「我的意思是說，德樂米特為了以防萬一，才不讓所有人知道你還活著，這只是以防萬一而已，沒有其他的意思。」他看得出來，凱登根本不相信他說的話，索性裝作沒事地說：「那麼，今天整理到這樣就可以了，察森先生。」他拿出環爪一揮，所有的考卷立刻從凱登的手中抽離，全數飛到他的手中。

「但是——」凱登還想問很多問題。

「你可以回去了，」九嘴教授急急地說。「謝謝你的幫忙。」

第十三章：期末考結束的震撼

　　凱登一整個晚上都無法闔眼，要不是昨晚結束丸嘴教授的處罰後已經快要十點，他一定會立刻到圖書館，試著再查出更多關於他父母的事情。

　　昨晚他回到宿舍後，靡克就想和他說瓦多幫忙複習的結果，但是他根本沒心思聽任何人說話。他洗完澡後，就把床簾拉上，倒在床上什麼話都不說，連靡克叫他，他都裝作自己睡著了而不回答。

　　「凱登，老哥，你看起來糟透了，」靡克看到凱登連動都沒動桌上的早餐。「難道丸嘴教授對你訓話了一整個晚上，讓你精神疲勞了嗎？」

　　凱登搖搖頭，他並不想跟任何人提起昨晚發生的事，包括靡克。他知道，要是他現在和靡克說，他一定會說一些安慰他、叫他不要想太多之類的話。他決定，等到他把事情都查清楚，才要跟靡克說。

　　他勉強吃了幾口炒蛋，開始跟靡克講話。「所以，瓦多昨晚幫你複習了什麼？」

　　「其實昨天晚上我們複習的時間不是很多，」靡克說。

　　「怎麼會？你們不是從我去找丸嘴教授之後沒多久，就應該開始複習了嗎？」凱登明明是跟他們差不多時間離開大廳的。

　　「因為瓦多又去找蘿柳夫人報到啦！所以我在交流室等他回來，我們才開始複習，」瓦多喝了一口蘋果汁。「不過，他還是很專心地幫我複習了幾個他覺得塔教授會出的考題。」

　　接下來，靡克就開始跟凱登說瓦多複習的內容，一邊討論晚上還要再問問瓦多，戴爾教授可能會出的考題有哪些。

　　「大概就是這些了，」靡克花了十五分鐘解釋昨晚的內容。「總之，塔教授最有可能把重點放在每個環爪使用咒語時的手勢。」他一邊揮動著手腕，彷彿環爪現在就在他的手裡。

　　凱登雖然很想問德樂米特很多事情，但是他現在必須面對現實，眼前還有期末考，再說，他根本不知道德樂米特的辦公室在哪裡。

　　他打起精神，決定等期末考結束後，一有機會就去問冽準，德樂米特在哪裡。

　　「對了，瓦多怎麼樣，他還好嗎？」凱登問。

　　「昨天晚上看起來是還好，」靡克回想。「他自己也說，蘿柳夫人的藥茶好像幫助蠻大的，應該是沒怎麼樣吧。」

　　「他怎麼沒有來吃早餐？」凱登沒看到瓦多。

　　「可能又跑到校園內觀察蛋的變化了吧，他最近好像常常跑到外面去觀察，」靡克隨口說。

　　「喔，對了，」靡克開口。「你昨天不在的時候，洛伊跟艾拉有來交流室喔！他們說，這個禮拜五，學校就要把蛋收去孵化了，到時候，我們全都要帶著蛋到地下室。」

　　「是嗎？這麼說，我們要等到暑假才能看到孵化出來的蝙蝠？」凱登問。

　　大家照顧了蛋一整年，要和牠分開兩個多月，忽然有點捨不得。

　　「嗯，是這樣沒錯，我只希望牠不要孵化出烏鴉就好了，」靡克不安地說。

　　自從復活節過後，時間過得飛快，現在已經六月了，這時候的海佩斯特氣候非常涼爽，許多學生都選擇沒事的時候待在戶外曬太陽。凱登在復活節的時候，收到了布司特先生寄來的彩蛋，就跟他床邊的蛋一樣，是淺灰色的，上面也有羽毛的圖案，布司特先生還綁了一個非常搭配的緞帶在上面。即使他沒見過布司特先生，他也知道他一定是一位非常細心的父親。

　　學校的教授都在為最後一個禮拜的上課時間做衝刺，大廳裡跟走廊上，也都可以看到每個年級的學生拿著課本在複習。

「拉爾先生，要是你在下個禮拜之前，還是沒辦法成功地將杯蓋在不搖晃的情況下放到杯子上，我想你二年級就要來我的辦公室單獨練習了，」塔教授看著彼得第三次打破杯蓋後說。

她一揮環爪，杯蓋又恢復原本的樣子。

「飄飄起。」凱登也正抓緊時間練習，他的杯蓋緩緩地浮起，雖然有點不穩定，但還是成功地落在杯子上。

「做得不錯，察森先生，」塔教授看到後說。「只要再多練習，不要讓你的杯蓋搖晃得這麼厲害就可以了。」塔教授繼續走到別的地方看其他學生練習。

「塔加拉米。」靡克正在練習變色的咒語，他的課本總算成功地變成他想要的顏色了。「太好了，看來瓦多的複習還真是有效，」他眨眨眼睛。

「看來大家都有很明顯的進步，」下課前，塔教授對著全班說。「我希望大家可以繼續保持，我相信，下個禮拜的考試，各位都一定可以通過。」

這對大家來說是很好的打氣方式，特別是從平時不苟言笑的塔教授嘴裡說出。

禮拜五是所有新生在期末考前最期待也最緊張的一刻。大家的蛋都小心地裝在籠子裡，排好隊站在蛋舍外，安靜地等金絲雀教授、蘿柳夫人、還有上次幫忙檢測蛋的福克先生。

他們把所有的人帶到蛋舍後面的空地。

「那麼，現在我們就開始收回各位辛苦照顧將近一年的蛋，這段時間，辛苦大家了，我相信，各位的蛋也一定都有感受到大家所付出的心力，」金絲雀教授和平常一樣，笑著和大家說。

蘿柳教授轉過身，她把雙手張開，拿出她的環爪，開始唸出一長串的咒語，環爪上淺褐色的石頭發出耀眼的光芒。

地面開始微微地震動，空地中間出現了向下延伸的通道，通道看起來非常黑，即便大家站在陽光下，還是看不到通道到底有多深。

「等我叫到各位的名字，就請帶著籠子過來，福克先生會最後一次幫大家檢查蛋，」金絲雀教授說。

收回蛋的時間比大家想的都要長，因為福克先生每看完一顆蛋，他就會交給蘿柳夫人。蘿柳夫人會把蛋拿下去通道裡，等她上來前，金絲雀教授不會叫下一個人的名字，所以福克先生也不會開始看下一個人的蛋。

「凱登‧察森，」金絲雀教授終於叫到凱登的名字，這時候，大部份的人都已經離開了。

凱登趕緊上前，把籠子牢牢握緊，深怕在最後一刻還出現什麼差錯。福克先生接過他的籠子，將之打開，這次他沒有把蛋拿出來看，只是把手放在蛋的上面。

「嗯，很好，」他笑瞇瞇地說。「羽毛的紋路已經快要消失了，重量也很好，你的蝙蝠似乎已經迫不及待要出生了，而且會是一隻很健康的蝙蝠，察森先生。」

他把凱登的籠子交給蘿柳夫人。

「這樣就可以了，察森先生，」金絲雀教授對他說。

凱登刻意和靡克待到最後一位學生離開，確定四周都沒人了，才走去找蘿柳夫人。

「蘿柳夫人，」凱登開口叫住轉身要離開的蘿柳夫人。「我可不可以問妳一個問題？」

「當然可以，察森先生，什麼事？」她溫柔地說。

「請問，被抓傷的傷口，應該要怎麼治療比較好呢？」凱登小心地問，他很怕蘿柳夫人會聽出他想打探的事情。

「這得看是是麼樣的抓傷，一般不嚴重的抓傷，不用太久就可以治好，要是嚴重的話，可能要幾個禮拜，甚至幾個月才能把傷口清理乾淨，」她回答。

「那清理乾淨後，就完全康復了嗎？」靡克問。

「這不一定，有些人會留下這輩子都無法抹掉的後遺症，不過，這不常見，一般的抓傷大部份都可以讓病人完全復原，只是時間的問題，」她說。「有誰受傷了嗎？」

「不，我們只是聽到最近好像有奇怪的傳聞，好奇問問而已，」凱登說完這句話，就發現自己不該這麼說。

蘿柳夫人不悅地看著他們。「不管你們聽到的是什麼傳聞，都不會是真的。再說，要是學校真的發生了什麼事，德樂米特到現在也沒有做出任何通知，我想，對於你們兩個新生，應該也沒有什麼好擔心的。」她說完後就離開了。

「怪怪的，對不對？」凱登轉頭對靡克說。

靡克只是聳聳肩。「我不知道，兄弟，真的。」

期末考毫不留情地到來，第一堂考的是基本魔法急救知識，因為這是大家最有把握的科目，所以考完後，大家心情都不錯。葛娣教授只是要大家寫出幾個簡單的急救咒語，還有列出在為別人急救時，應該要注意傷者的哪些地方。凱登大部份的題目都會寫，這對他來說也算是簡單的科目。

中午吃完午餐，利用一點休息時間看點書之後，大家又趕著去考下一堂課目，海佩斯特：從古至今。丸嘴教授出的題目分明是要把大家累死，他出了五題要大家寫出長篇大論的問題，而且還是要發表自己論點的題目，所以先前利用課本複習根本沒用。凱登很確定有一題他完全寫錯了，剩下的幾題雖然沒有寫得很多，但他自認為重點應該都有寫出來。大部份的人考完丸嘴教授的試後都愁眉苦臉的，派蒂說她好像把「羚葛尼托」寫成「靈割尼托」，巴尼則說他根本看不懂第四題的意思，乾脆亂寫一通。

匆匆忙忙地吃完晚餐，凱登又和靡克一起坐在交流室，複習明天的攻與守，還有孵化課的考試內容。他們一直練習塔教授的魔法，凱登最沒把握的漂浮咒總算成功地讓杯蓋不再顫抖，而是穩定地落在杯子上，靡克也總算抓到變色咒的竅門。一直到他們終於離開，去洗澡的時候，交流室還是有些人留著繼續用功。

令凱登鬆一口氣的是，金絲雀教授出的考題竟然如此簡單，她只要大家寫出這一年中，照顧蛋的心得，還有清洗蛋的方式就好了。不過，塔教授的科目可沒這麼簡單，她除了要大家寫出每個咒語手勢的不同之處（瓦多猜對了），還要他們在全班面前實際操作這學期所有教過的咒語。凱登完美地完成所有的咒語，得到班上所有人的掌聲。靡克因為太緊張，使他的變色咒應該讓茶壺變成藍色而變成天藍色。彼得雖然沒有打破杯蓋，但是他揮動環爪的時候似乎用力過度，不小心揮到擺在桌上的杯子，要不是他及時接住，杯子就會掉在地上而摔破。服基使的咒語也接近完美，但是他似乎自信過了頭，在使用魔法翻課本的時候，應該要翻到十八頁，他卻翻到二十八頁。

「大家的表現比我預期的還要好，我很開心，」塔教授露出少見的笑容。「看得出來，各位都花了很多心思在這堂課上。」

「那當然，我的手腕都快斷了，」靡克小聲地抱怨。

隔天的花種子提煉課考試，戴爾教授讓大家大開眼界，他把密密麻麻的種子埋在地下，讓所有人自己去挖種子，當你挖到了種子，就是你的考試題目，你必須把它提煉出來，並且寫出種子的特性。凱登終於明白為什麼第一天上課的時候坑坑洞洞的了。

凱登挖出一顆種子，他立刻認出那是拉手草的種子，可以提煉成感冒藥水。他先把種子小心地放在手上，等到小火爐的水滾了以後，把種子丟進去煮了兩分鐘，等到拉手草冒出一個小芽，他把種子拿出來，再往裡面加了三次水，每加一次水就用熔棒順時針攪拌六次。十五分鐘後，裡面的水已經變成清澈的翠綠色了。

「完美的顏色，凱登，」戴爾教授看到他的成品之後說。「我敢說，要是你以後感冒，喝一口，第二天就沒事了。」

　　期末考終於結束了，所有的新生都鬆了一口氣。學校裡其他年級的學生都還在繼續考試，不能像新生一樣享受最後幾天的悠閒時光。凱登和靡克在吃飯的時候看到凱莉跟艾拉在講話，他們立刻走過去加入。

　　「考得如何啊，兩位？」凱莉一看到他們就問。

　　「還可以囉，至少不會被爸罵，」靡克鬆了一口氣。「妳們呢？什麼時候考完？」

　　「我還有兩科，珍奇獸認知課，還有二級攻與守，」凱莉說，

　　「希望塔教授可以仁慈一點，不要出太難的題目。」

　　「我還有四科欸！」艾拉打了個大哈欠。「真羨慕新生，我也想舒服地坐在交流室休息。」

　　「艾拉，你們初學院代表有沒有聽到什麼奇怪的傳聞？」凱登忽然問。

　　「奇怪的傳聞？」艾拉困惑地問。

　　「要是學校有什麼事情，初學院代表應該會提前知道吧？」凱登好奇地問。

　　「嗯，每幾個禮拜都會開初學院代表會，跟大家提醒接下來要注意的事情，或是臨時新增的校規，」艾拉回答。「不過，臨時校規大部份都是威力加的，也就是說，他只要看到哪個學生做了什麼他看不順眼的事，他就會和德樂米特教授報告。你問這個做什麼？」

　　「不，沒什麼，我只是隨口問問，」凱登立刻說。

　　他們走回宿舍的路上，天空開始烏雲密布，好像要開始下大雨。

　　「或許，事情真的沒有我們想的這麼嚴重，」靡克想了一下之後說。「要是真有什麼大事，就像艾拉說的，學校應該會通知初學院代表才對。」

　　「希望如此。」凱登微微地點點頭。他不是不想相信羅柳夫人或是艾拉說的話，只是，要是真沒什麼大事，那麼，那天晚上德樂米特跟塔教授說話的內容，又要怎麼解釋？

　　凱登真不知道他當初是怎麼把所有東西塞進行李箱的，經過了一年，他的東西似乎比他來的時候多了一倍，不論他怎麼放，總是會有一些東西裝不進去。他們一邊玩樂一邊整理，花了三個小時才總算把東西都整理好，只留下最近幾天還會穿的制服沒有打包。

　　寢室裡的四個人都累癱了，大家洗完澡後，精神又來了，繼續倒在床上，開始聊暑假要怎麼度過的計畫。

　　「我爸說要帶我們全家去旅行呢！我好期待，」彼得興奮地說。「之前我們每個夏天都吵著要出去，可是他工作太忙了，根本沒空，這次他跟公司請了長假，我們要好好地去玩三個禮拜。」

　　「你真幸運，」巴尼躺在床上看著彼得。「我開學前就已經答應我妹，放假後要跟她說海佩斯特的所有事情，她明年就要進海佩斯特了。我看，我這個暑假一定會被她煩死！」

　　「你呢，靡克？」凱登一邊哈哈大笑，一邊問靡克。

　　「應該還是老樣子，一回到家就先幫忙大掃除吧，我們家住太多人，我們三個一窩蜂地把行李帶回去，家裡一定會很亂！我一想到就累，尤其還要聽到凱莉跟我媽吵架！」他閉起眼睛，慢慢地說。

　　「凱登呢？」彼得問。「你的弗托舅舅難道真的都不管你？」

　　「當然了，」凱登皺著眉頭。「不過這樣也好，我可以趁他喝醉的時候偷偷跑出去，只要在他酒醒前回來就好。」

　　大家嘻嘻哈哈地繼續聊天，直到所有人都默默地睡著。只除了凱登，他一想到暑假的兩個月又要跟弗托舅舅一起度過，就一點放假的心情都沒有。他翻身了好幾次，就是怎麼樣都睡不著。

　　雨滴打在窗戶的聲音在安靜的夜晚總是顯得特別突兀。此時窗外又傳出一陣陣低沉的聲音，凱登立刻跳起來，趴在窗邊想看個清楚。他看到了，那是一個大黑影，徘徊在池塘旁邊，好像在顫抖。

　　凱登立刻小聲地搖起旁邊已經睡死的靡克。「你幹嘛？」靡克意識不清地說。

「你快看！」凱登把他拉到窗戶旁，指著池塘邊的大黑影。

靡克發出一聲驚嘆，凱登立刻伸手把他的嘴巴摀住，不想把彼得跟巴尼吵醒。

「現在怎麼辦？」靡克害怕地說，他們兩個蹲坐在窗戶下方。

「我也不知道，」凱登回答，他又爬起來，想看剛剛的黑影還在不在，但是黑影已經不見了，取而代之的是一個模糊的人影。他的身形不高，但看他走路的方向，好像是往雲杉林走去。

凱登二話不說，立刻抓起床邊的長袍跟環爪，往門口走去。靡克跟在後面。

「你要去跟教授報告嗎？」他們在走廊的時候，靡克輕聲問。

「來不及了！我們直接去看看，」凱登問靡克。

「我們？要是被威力抓到怎麼辦？現在已經很晚了，」靡克擔心地問。

「沒時間了！剛剛那個人影是往雲杉林裡走去啊！冽準說過，沒有他跟其他教授的帶領，雲杉林裡很危險的！」凱登激動地說。

靡克思考了幾秒。「好吧，我們去看看。」

他們小心地打開大門，一邊還要觀察威力跟他的小狐狸是否在附近打轉，還好一路上都沒有遇到威力，順利地進入校園。

大雨淋在他們身上，才走到池塘旁邊，兩個人的長袍就已經快濕透了。凱登看到地上似乎有什麼痕跡，一直斷斷續續地延伸到雲杉林裡，他蹲下想看清楚一點，那是血跡。

他不自覺地打了一個冷顫。「一定是剛剛的怪物把那個人弄傷了！」他對著靡克大吼，雨聲幾乎快把他的聲音蓋過去。

他們兩個快步走進雲杉林，因為是晚上的關係，雲杉林裡的霧氣比白天更重。他們一直往裡面走，腳下的路徑早就不見了，他們憑著僅存的一點月光，想看清楚附近的景象來認路。

「我們迷路了，凱登！」靡克擔心地說。

「要是我們迷路，那剛剛進來的人一定也迷路了，」凱登繼續往前走。

他們一直走著，臉頰因為一路上撞到許多樹枝而留下刮痕，雙手因為一路上跌跌撞撞而沾滿了泥巴，但是他們還是緊握著環爪不放，免得忽然需要使用的時候而找不到。

「前面好像有東西，」靡克忽然拉住一直往前衝的凱登。

他們兩個在樹林裡停下來，前面是一塊小空地，因為沒有樹木遮蔽，即使現在下著大雨，月光還是勉強穿透雨滴，直接灑在空地上，那裡站了一個人，穿著和他們一樣的長袍，步伐不穩，喘得很嚴重。

他們不敢相信自己看到的景象，站在空地上的人，他的長袍已經破碎不堪，他們透過微微的月光看到，他的臉上跟手上都是血跡，還有骯髒的泥土。

那是瓦多。

第十四章：靈體脫離

　　要不是凱登被雨水打在皮膚上的感覺這麼真實，還有臉上被樹枝劃傷的痕跡正在隱隱作痛，他一定會認為現在這一切都只是夢境。

　　「瓦多！」凱登跟靡克從樹林裡跑出來。「你在這裡做什麼？」

　　「你們……」他的臉色從來沒這麼慘白過。「你們也發現了？」

　　「發現什麼東西？你是說剛剛在池塘旁邊的東西嗎？」靡克問。

　　瓦多驚恐地搖搖頭。「我就知道……一定會被發現……」

　　凱登跟靡克往瓦多的方向走去。

　　「別過來！」瓦多在他們距離他還有幾公尺的時候大喊，他的臉在月光下顯得更慘白，身子在微微地顫抖。

　　「瓦多！你是不是也看到剛剛的大黑影？」靡克著急地說。「如果是的話，我們現在快回去吧！現在回去找其他教授或許還來得及，快點！」

　　「來不及了……」瓦多看著他們，慢慢地開口。

　　「什麼來不及了？你在說什麼？快來，我們現在就回學校去！」凱登在雨中大喊。

　　「你們……你們快回去！」他在說這句話的時候好像用盡了全身的力量在嘶吼。

　　「你在說什麼？你瘋啦？你該不會想去抓剛才那個怪物吧？別傻了！就算你是瓦多，那也不是我們三個新生可以對付的怪物！」靡克往前一步。

　　但是瓦多只是站在那裡，愣愣地看著他們兩個，好像沒有把他們說的話聽進去。他的眼神開始變得空洞，胸口在劇烈地顫抖。

　　凱登起了一身的雞皮疙瘩，他從來沒有看過這麼詭異的景象，瓦多好像是被什麼東西附身一樣。

「凱登‧察森，」瓦多開口說話，但那根本不是他的聲音，這個聲音聽起來好低沉，就跟凱登在宿舍裡聽到的聲音一樣！「沒想到，我竟然可以不費一滴血的力量，就把你找來了。」

凱登發著抖，但他還是鼓起勇氣說：「你是誰？瓦多怎麼了？」

「瓦多？你難道看不出來，我現在就在這個男孩的身體裡嗎？我就是他，他就是我，」聲音繼續從瓦多的身體裡發出來。「現在，我的主人需要見你。」

「我計畫了一年的時間，總算找到了可以吸引你注意的方法，你和你父親一樣，只要是朋友的事，就會失去理智，被牽著鼻子走，」瓦多的雙眼變成深灰色。

「你到底是誰？你為什麼要找我？」凱登在雨中大吼。

「我奉了主人的命令，要來帶走你，」他的聲音變得冷靜。「十二年了，我們整整有十二年的時間，沒有和外界有任何聯繫。」

瓦多的嘴角抽動了一下。「德樂米特和那個愚蠢至極的審判者把你藏得可真好。不過主人也真是英明，他一直告訴我們，察森家族的最後一代，一定還沒有死，他吩咐我們靜靜地等待。」

「等待？等我？」凱登覺得現在唯一的辦法就是盡可能地拖延時間，如果在瓦多身體裡的人一直沒有做出傷害瓦多的舉動，或許瓦多還會有救。

「就是等你，十二年了……大家都已經迫不及待，見到偉大的察森家族的最後一代，」他像瘋了一樣地仰頭大笑。

「為什麼要等我？」凱登不安地看了靡克一眼，但是靡克也同樣疑惑。

「為什麼要等你？當然是要讓世人見證，我主人把你殺死的那一刻！」

他說完後，四周變得安靜，凱登以為他離開瓦多的身體了，但是下一刻，瓦多發出淒厲的尖叫聲，好像有人要從他身體裡竄出來。靡克立刻抓住凱登，把他往後拉。瓦多的身體裡冒出一陣黑色的煙霧，它慢慢地變成他們看到的大黑影，黑影正在轉變成一個東西，直到它的身體完整地出現在他們眼前。

凱登和靡克嚇得呆站在原地，雙腳不聽使喚地釘在地上，煙霧變成一頭大黑熊，牠的利牙從嘴巴冒出，並且發出低吼聲，身上的黑毛讓牠看起來更嚇人。凱登這才明白，之前雲杉林裡的絲路馬身上的傷是怎麼來的，那是被眼前的大黑熊傷的！

牠的目光盯上了凱登，開始往凱登的方向衝過去，凱登飛快地瞄了一眼瓦多，他已經倒在地上不省人事。

「小心！」靡克拉了凱登一把，他差點就被那隻大熊撞上。

「你到底是誰？為什麼要抓我？」凱登對著牠大喊。

但是牠似乎已經失去了說話的能力，緩緩地把頭轉過來，再次開始衝撞凱登和靡克。

他們兩個拔腿就跑進樹林。「把牠引開，不要讓牠靠近瓦多！」凱登邊跑邊對著靡克大喊。

「現在要怎麼做？」靡克怒吼著，後面又傳來那隻大黑熊低沉地吼叫聲。

「牠的目標是我，你趁牠追我的時候，回去找瓦多，然後帶著他立刻回學校找德樂米特，」凱登快速地說。

「你瘋了！牠會殺了你的！」靡克大聲反駁。

「牠剛剛說要抓我，應該暫時還不會把我殺死！但是不能讓瓦多倒在那裡，他會先死的！」凱登回答，他們盡全力奔跑。

一個沒注意，兩個人都被雲杉林裡的藤蔓絆倒，大黑熊離他們越來越近。他們兩個摒住呼吸，凱登看了靡克一眼，他用手指著瓦多的方向，示意靡克先繞回去救瓦多，靡克看了一眼凱登，然後勉強地點點頭。他開始往另外一邊爬去，大黑熊沒有發現靡克正準備從牠身邊經過，牠的注意力還在前方凱登的位置。凱登的雙眼不敢離開靡克，他深怕靡克會被發現。靡克小心地爬著，但是他忽然失足，踩到了旁邊的枯枝，樹枝被踩碎的聲音被大黑熊聽到，立刻對那個方向揮了一掌，打中了靡克，他發出一聲慘叫。

凱登親眼看到靡克被揮了一掌，力道大到他整個人飛起來，撞到旁邊的大樹幹，然後就像瓦多一樣，昏死了過去。

「嘿！我在這裡！」凱登大喊，他現在已經沒有選擇，只能先分散牠的注意力，再想辦法跑回來找靡克和瓦多。

大黑熊果然被凱登吸引了注意力，開始往他的方向移動。他跌跌撞撞地在漆黑的雲杉林裡到處亂竄，但是他沒跑多久，就被大黑熊追上了。

他把環爪拿出來指著牠，但是他太緊張，根本就想不出可以使用的任何咒語。大黑熊發現凱登想要攻擊牠，迅速對他揮了一掌，凱登立刻彎下腰，想要躲開，即使他沒有被揮到，還是感覺到牠揮掌的時候，旁邊的樹幹立刻倒下。

他又再次開始狂奔，但是路徑早已消失，雨也繼續下著，他馬上就氣喘吁吁地停在一棵樹下，回頭一看，大黑熊絲毫沒有累的樣子，牠發現凱登站在樹下，立刻低吼了一聲，又揮了一掌，這次凱登來不及躲避，被擊中背部。

他痛得悶哼了一聲，不想表現出虛弱的一面，長袍被牠的利爪劃破，後背立刻冒出血。他勉強扶著樹幹站起來，要是再被擊中一次，他一定會和靡克跟瓦多一樣昏死過去。

敵人總是冷血無情的，大黑熊毫不手軟地又揮了一掌，同時，凱登的手飛快地從長袍的口袋裡丟出一把東西。他又被擊中了，卻不知道他丟出去的東西是不是也有擊中牠。

這次，凱登已經痛到發不出聲音，直接倒下了，他趴在地上，還可以感受到背部正在流出鮮血。他的視線變得模糊，前方被許多植物擋住了視線……他看不到大黑熊的位置……原來這就是即將死去的感覺，雲杉林被雨水淋濕的土地好冰冷……

　　四周的光線一瞬間變得光亮，那是要來抓他的嗎？瓦多呢？靡克呢？有東西碰了他一下，耳邊響起他認不得的聲音，他什麼都聽不進去⋯⋯他只覺得身體好冷⋯⋯⋯⋯他就要死了⋯⋯

第十五章：結業式

　　兩個人在一棟大房子前面擁抱著，他們看起來好快樂，旁邊還有好多人，他們也開心地聊天。大家在花園裡悠閒地喝著茶，跳著舞，好像很快樂。

　　房子前的女人從洋裝的口袋拿出幾粒種子，她徒手把那些種子變成美麗的小花，送給她身旁的一位小花童，小花童開心地笑著，那個女人把小花童抱起來，在她臉上親了一下。她身旁的男人眼神充滿愛意地看著她，好像全世界的最重要的事就是溫柔地待在她身邊。

　　場景變了，剛才刺眼的太陽已經消失，大房子也消失了，只剩下本來還站在大房子前的男女。他們的表情已經不像剛才一樣幸福，女人的表情有些不安，旁邊的男人一手摟著她，一手拿著環爪。環爪上的亮紅色寶石發出耀眼的光芒，有一股強大的力量正朝著他們襲來。凱登了解了，他開口想叫他們快逃，他大聲地呼喊，但是他們根本聽不到，還是站在原地堅持著，凱登又用盡全力朝著他們大喊——

　　凱登睜開眼睛，原來剛剛是在做夢，他在那裡？他已經死了嗎？他看著木頭色的天花板，想要動一動他的腿，一股痛楚立刻阻止他這麼做。

　　「如果我是你，我會選擇乖乖地躺在病床上，否則蘿柳夫人會再逼你喝下另一碗藥茶，」一個充滿笑意的聲音從他右方發出。

　　凱登立刻想把頭往右轉，另一股痛楚又立刻襲來。

　　「喔，我忘了提醒你，凱登，你的脖子也扭到了，但是應該沒有大礙才對，」剛才的聲音又說。

　　「德樂米特教授？」凱登認出他的聲音。

　　「早安，凱登，」他溫柔地說。「我本來想開心地和你打招呼，但是看來你剛剛做了一個惡夢。」

　　「我夢到⋯⋯」他停頓一下。「我夢到我父母。」他確定地說。

德樂米特教授沒有回話，他們沉默了幾分鐘。

凱登忽然想起靡克跟瓦多。「靡克跟瓦多呢？他們還好嗎？瓦多倒在那裡，我跟靡克想救他，可是——」

「他們都還活著。」德樂米特打斷他的話。

凱登又再次安靜下來。「瓦多，他為什麼會那樣？」他看著天花板，問德樂米特。

「首先，我希望你可以先答應我一件事情，凱登。」德樂米特的聲音很冷靜。「我希望，你和布司特先生在雲杉林裡看到的事情，不要向任何人提起，這是我的請求，可以嗎？」

凱登點點頭，他的脖子因為點頭的動作又開始痛了。

「伊得思遭遇的事，並不是一般人可以接受的，我想，你應該有發現，自從聖誕節假期結束後，伊得思先生的身體就越來越虛弱。」

凱登回想他第一次看到瓦多的時候，他的臉色就很蒼白。聖誕節假期回來後，瓦多就說他怎麼睡都睡不飽，臉色有時候也很難看。

「但是，他說他有來找蘿柳夫人喝藥茶，」凱登說。

「在伊得思先生來找蘿柳夫人的同時，蘿柳夫人就立刻通知我，她發現事情有些異常。我從辦公室來到這裡，親自看了他的症狀，我馬上就明白，有靈體進入了他的身體，我也立刻聯想到，聖誕節的時候，冽準和我提過雲杉林裡有動物接二連三受傷的事情。」德樂米特說。

「靈體？」凱登不了解。

「簡單的說，他是類似被詛咒，只是比詛咒還要嚴重，他的靈魂有時候不受他自己控制，而是被下咒語的人所控制，就算他自己被控制時有意識，他卻無能為力，什麼都不能做。我們稱為『靈體附身』。」德樂米特解釋。「這是一種比詛咒還要慘忍的咒語，被靈體控制的人，不但心理上受到傷害，連生理上都會變得虛弱。很遺憾，我並不知道伊得思先生是在哪裡、又是什麼時候遭遇到這件事，他自己也完全不記得了，不過，至少在當時，我還能幫助他控制住病情。」

　　凱登靜靜地聽著，他腦中一直回想從開學到最近，瓦多身上的變化，真痛恨自己為什麼沒有早點發現他的異狀。

　　「我認為，伊得思先生和他的父母有權利知道發生了什麼事，所以我也一五一十地告訴他們。當然，同時我也通知了學校裡的所有教授，我告訴他們，這件事除了教授以外，不會再有別的人知道。」

　　凱登想起那天他從圖書館回宿舍時，在轉角處聽到德樂米特和塔教授的對話，還有他在路上遇到瓦多的片段。但是，當時的瓦多看起來已經好多了，一點都不像被靈體附身的樣子。

　　「靈體附身如果在一開始就被發現，的確還會有治癒的可能，但是我觀察伊得思先生之後，我明白，總有一天一定會變得無法控制，我只希望伊得思先生可以平安地度過所有會經歷的痛苦。」德樂米特說。「我請他每隔一段時間就來醫護室報到，一方面蘿柳夫人可以給他藥茶喝，另一方面，蘿柳夫人也可以隨時跟我說他的病情。」

　　「所以，之後藥茶沒效了？」凱登問。

　　「隨著靈體在伊得思先生身體裡的時間越長，藥茶的效用漸漸地失去，但是伊得思先生並沒有和蘿柳夫人說。我猜想，他應該是想順利地參加期末考，而他也做到了。」德樂米特憂傷地說。「他當晚應該來這裡喝藥茶，卻沒有出現。接下來的事，也就被你，還有布司特先生發現了。」

　　凱登和德樂米特又沉默了一下，然後凱登把經過的事情全部告訴德樂米特，包括他自作主張說要去校園裡找瓦多，而不是通報學校裡其他教授的事。

　　德樂米特在凱登講這些事的時候完全沒有打斷他的話，讓他一口氣把發生的過程都說出來。

　　「我並不怪你，我是指，當你和布司特先生決定要去校園裡看看的時候，雖然你們是出於好奇，但你們必須具備超越其他人的勇氣，才能做出這項決定。」德樂米特說。

「但是，是誰通知你來救我們的呢？」凱登鬆了一口氣。

「動物總是能比人類更早一步感受到不安的事情，但是能不能將事情正確地傳達出去，是很重要的，牠和主人之間必須要完全地互相信任，才能辦得到。」德樂米特說。

「是叩弟！牠通知冽準，冽準再通知你？」凱登激動地說，他曾經看過冽準和叩弟用特殊方式對話的樣子。

「沒錯，我曾經和你說過，冽準通知我的方式和一般人不一樣，但是和上次一樣，我一接到冽準的通知，就知道自己必須立刻趕到雲杉林。」德樂米特一邊說，一邊不知道從旁邊的桌子拿了什麼東西。

「我倒下的時候，從長袍的口袋丟出了一樣東西，我不記得是什麼了。」凱登努力地回想。

「那是落地蕨。戴爾教授跟我說，期末考前，他交代你要轉交給伊得思先生，看來你是忘記了這件事。不過這卻救了你一命，你拋出的落地蕨，還沒碰到那頭大黑熊，就已經開始生長了，順利地纏繞在牠的身上，降低了牠的速度，在我趕到時，牠還在落地蕨中掙扎地想要離開。」德樂米特的聲音有一絲驕傲。「我想，因為你拈花者的能力，才能讓落地蕨及時地發揮作用，這是你的生存本能。」

凱登想起他昏死過去之前，看到擋在眼前的植物。

「教授，我可不可以問你一個問題？」

「請說，凱登。」

「當時，那個在瓦多身體裡的東西……他說，他的主人要見我，他的主人是誰？他又為什麼要見我？」凱登不安地說。

「現今的巫師世界中，我想你一定也已經知道，最邪惡的巫師是誰。」德樂米特回答。「我相信，他口中的主人，一定就是幽匕儡・撒肯。」連凱登都聽得出來，德樂米特在說他的名字時，語氣中露出某種憤怒。

「丸嘴教授說過，要是有人發現我還活著，他們就會想殺我，難道就是他？幽匕儡‧撒肯？」他想起那天在丸嘴教授那裡整理考卷的時候，丸嘴教授激動的樣子。

「你猜得沒有錯，想要殺你的人，就是幽匕儡‧撒肯。他和他的手下銷聲匿跡了十二年，就是為了等待可以把你殺掉的時機。不過，看來席更和我把你藏得很成功，不然，他的手下也不會一直到今年，才通報他們的主人說你還活著。」德樂米特回答。「但是，我認為，在你經歷了那麼多事之後，目前還不適合知道他想要殺你的原因。」他看到凱登想開口反駁。「我答應你，有一天，一定會和你解釋所有的事情。」

凱登聽得出來，德樂米特並不是在徵求他的同意，只好點頭。

「你怎麼知道，在這之後不會有學生再被靈體附身，然後又跟瓦多一樣？」凱登問。

「我很了解幽匕儡跟他那些黨羽的個性，他們不會重覆做失敗的事。在他們這次的失敗後，我相信，控制瓦多的人已經消失在這個世界上了。」德樂米特開口。

「他殺了他？就因為他沒有把我帶去見他？」凱登大聲地說。

「就算幽匕儡沒有殺他，他應該也會結束自己的生命，畢竟他沒有成功地抓住你，還被你的落地蕨困住，這是一件很傷自尊心的事。一名魔力高強的巫師，竟然會被一名海佩斯特的新生傷害，而且是在沒有使用魔法的情況下，對他們來說，是一件非常可恥且不能被接受的事。」凱登不確定德樂米特是不是在開玩笑。

「瓦多之後會怎樣？你剛剛說，靈體附身剛發現的時候還可以被治癒，那現在呢？已經太晚了嗎？」凱登擔心地說。

「伊得思先生身上所留下的靈體印記，我想，是不可能消失的。靈體附身是一種極為殘忍的魔法，一旦發生了像伊得思先生所發生的事，可能會帶給他一輩子的後遺症。雖然現階段，我還不知道伊得思先生的後遺症是什麼，但只要是靈體脫離的後遺症，就會有特殊的治療方式來控制。」德樂米特回答。

「所以你才希望我和靡克不要把看到的事情說出去，你怕，一旦我們說出去了，其他人就會害怕和他相處？」

「沒錯，就是這樣。我相信，作為他的好朋友，你們應該可以做到這件事。」德樂米特肯定地說。「我必須離開了，我跟蘿柳夫人說我不會打擾太久，還跟她保證，一定會在你起床的時候讓你喝下這杯藥茶。」

凱登接過德樂米特遞過來的青綠色藥茶，躺在床上想一口氣喝下去，但是他才喝一口，就被味道嗆得吐出來。

「我一直覺得，藥茶在我們昏迷的時候比較好喝入口。」德樂米特笑著說，一邊用環爪清理凱登的床單。「等你喝完藥茶，就可以嚐嚐你的好朋友們帶給你的一些點心。看來，他們都很擔心你們。請記得，我並沒有和他們說雲杉林裡的事。」德樂米特停了一下。「拉爾先生給你的『草地口味果凍』應該可以幫助你忘記藥茶的味道。」德樂米特說完，就把凱登喝過的藥茶杯子拿出去給蘿柳夫人，然後就離開了。

凱登在醫護室裡待了幾天，冽準寫來了一封信，希望他們三個的病都可以快點康復。戴爾教授也寫了一封信，信上說他很驚訝凱登可以讓落地蕨的種子這麼快地發揮作用。他還送上了一大塊比利時巧克力，可惜在凱登還沒嚐到，就被蘿柳夫人沒收了。她還說要去罵戴爾教授，在他們還沒康復之前就讓他們吃這麼甜的東西。艾拉給靡克一盒「鮮摩爾氣泡糖」，裡面有各種水果口味的糖果，糖果裡包覆著汽水，靡克在蘿柳夫人還沒發現前，就把一整盒藏到病床下。她還附上一封信，要靡克記得，絕對不能讓父母知道他在學校發生的事。巴尼寄給他們三個人三張卡片，上面寫著祝他們早日康復，他還在上面加了一點小魔法，只要卡片一打開，裡面的內容就會大聲地唸出來。

這段時間，靡克跟瓦多的身體也都復原得差不多了，他們三個經常躺在醫護室的病床上，一起聊天。

「你覺得怎麼樣？」凱登喝完他的藥茶，看了瓦多一眼。

「目前沒什麼感覺，不過，應該不會這麼快會發現才對。」瓦多回答。

「你怎麼知道？」靡克把頭轉向瓦多。

「在德樂米特告訴我之後，我就去圖書館查過了，我總不能坐以待斃，是吧？」他看到凱登跟靡克露出一臉不可置信的表情。

「呃⋯⋯」凱登不想說，要是他自己發生這種事，大概也不會去找可以治癒自己的方法。「所以書上怎麼說？」

「我看不懂，不過，我已經把書借回家了，暑假的時候再來研究看看。放心啦！」他看到他們兩個擔心的表情。「我把書放在行李箱裡，已經打包了。」瓦多說。「不過，不知道德樂米特怎麼跟大家說我們在森林裡發生了什麼事，對吧？」

「是啊，我想，這個暑假，我一定會被我爸還有姐姐們煩死！」靡克不悅地說。

凱登笑了起來，他可以想像靡克的姐姐們會怎麼逼他說出事情的經過。

「放心吧！不管你身上的後遺症是什麼，我和靡克都不會棄你不顧的，對吧，靡克。」凱登說。

「當然了！我們三個可是一起經歷過生死的人耶！雖然我希望以後不要再一起經歷生死了！」靡克哈哈大笑地說。

「明天就要回家了，一年過得真快，是吧？」瓦多說。

「我可是一點都不想回去貓旅鎮，」凱登沉沉地說，他一點都不想回去看到弗托舅舅。

「放心啦！暑假的時候你就有同伴了啊！」瓦多說。

「同伴？」凱登疑惑地說。

「蝙蝠啊！你忘了，牠們會從海佩斯特出發到你家，還順便告訴你，你被分到的學院啊！」瓦多興奮地說。

這可能是凱登一整個夏天唯一的一件會期待的事了。「牠們什麼時候會來？」凱登問。

「不知道，每個人的蝙蝠孵化出來的時間都不一樣 。」靡克說。「我記得，去年凱莉的蝙蝠好像是放假不到兩個禮拜就飛來了，那時候還是大半夜，她忽然興奮地尖叫，把全家都嚇了一大跳！」

凱登跟瓦多被靡克生動的表情逗得哈哈大笑，這時蘿柳夫人拿著三杯藥茶走進來，他們立刻把音量降低。昨天蘿柳夫人才因為他們三個太吵，把他們唸了一頓。

「這是察森先生的。 」她把青綠色的藥茶放在凱登的桌子旁邊，「這是布司特先生的。 」靡克的藥茶是看起來比凱登還要糟糕的水泥色。「不用掙扎了，布司特先生，你應該很慶幸，你不是喝伊得思先生的那杯。 」她看到靡克一臉厭惡地看著他的藥茶。

瓦多的藥茶看起來的確比他們兩個的都還糟糕，那簡直可以算是濃稠狀的鼻涕（靡克說的）。

「我們等一下就可以離開了嗎？」凱登已經迫不及待要離開醫護室了。

「不，德樂米特有交代，讓你們三個人在明天早上離開，去參加最後的結業式。 」蘿柳夫人心不在焉地回答，然後就轉身出去了。

「我想，德樂米特一定是不想讓其他人有太多時間探問我們那天發生的事吧？」靡克喝完藥茶，又倒回床上。

其他兩個人安靜地點點頭。藥茶的藥效很快就發揮了作用，他們不到半小時就相繼地睡著。

隔天要離開前，蘿柳夫人又要求他們喝了最後一杯藥茶，這讓他們三個大聲哀叫，因為艾拉寄給他們的鮮摩爾氣泡糖在昨天晚上已經被分光了。但是在蘿柳夫人面前，他們還是得硬著頭皮把藥茶喝掉。

「看來結業式已經要開始了！」瓦多看著大家都急著往大廳的入口走去。

他們三個人加快腳步，等他們跑到大廳時，大多數的學生和教授都已經入座。其他新生一看到他們三個進來，立刻圍到他們身旁。

「真不夠意思！」馬利‧尼斯推了凱登一把。「這麼刺激的事，竟然沒有找我去！」

「就是嘛！」丹‧維諾也興奮地看著他們。

他們三個這才意識到，他們完全不知道德樂米特如何和大家解釋他們在森林裡發生的事，所以他們也沒有辦法回答。

「我們都聽說了喔！」派蒂走到靡克旁邊坐下。「德樂米特教授說你們三個人竟然不顧校規，大半夜裡擅自進入雲杉林！」她皺著眉頭說。

「有什麼關係嘛！」彼得插話。「至少他們也發現了受傷的五角鹿啊！而且他們還為了把五角鹿扛出森林，摔進大坑洞而受傷了耶！而且五角鹿還因為受到驚嚇而踢了他們幾腳，算是將功抵罪吧！」

「就是啊，派蒂，妳不知道我們三個有多可憐。」靡克趕緊說。

凱登看到坐在後面的服基，他一句話都沒有說，只是瞇著眼睛看著他們三個，露出一副壓根不相信德樂米特說的故事的表情。

凱登拉拉瓦多的袖子，示意要他踢一腳坐在旁邊的靡克，免得他不小心洩漏什麼事情。

德樂米特站起來，大廳內的聲音迅速地安靜下來。

「很高興各位又度過了一個學年，我常常說，一年的時間只要一眨眼就過了。」德樂米特看著大家。

「教授，一年的時間對我們五年級來說可是度日如年呢！」一名坐在豹希迪烈的男學生大聲地說，大家都被他逗笑了。

「謝謝你分享你的看法，桃漢先生。我正想說，大概是因為我已經年紀太大了，所以任何事物對於我來說都像是稍縱即逝地存在。」德樂米特笑著說。「我相信，在這一年的時間裡，大家一定又吸取了更多有用的知識。教授的付出，還有各位的努力，我都看在眼裡。」

「金絲雀教授要我提醒所有一年級的新生，暑假的時候，你們將會領到目前還在海佩斯特地下培育室的蝙蝠。」德樂米特宣佈。「那麼，一學年對大家來說，最重要的就是海佩斯特冠軍學院。」塔教授遞了一張紙到德樂米特面前。「是的，今年的冠軍是，鸚亞芮蒂！」

鸚亞芮蒂的長桌爆出了一陣歡呼聲！每個人都在拍手叫好，其他學院的學生雖然看起來很惋惜，但還是拍著手。

「明年一整年，各位的交流室將會掛上海佩斯特的壁毯，我希望各位會認為那是很好的裝飾品。」德樂米特開心地說。「那麼，就請各位享受本學年的最後一頓午餐，然後搭火車回家吧！請開動！」

凱登已經好幾天沒有吃到正常的食物了，聽到德樂米特這句話，他開心地站起來，準備去拿食物。結業式的午餐和開學第一天的晚餐一樣可口，他把每樣東西都嚐了一點，還喝了兩碗大多數人都不喜歡的紅豆湯。（「你以後不要在我面前喝那個看起來血淋淋的東西！」靡克抱怨。）

再次回到海佩斯特火車的月台，凱登跟靡克還有瓦多在一年的時間裡已經變成了最好的朋友。他們三個在火車裡共用一個包廂。瓦多因為病才剛好沒有多久，還爬到上面的小床睡了一段時間，醒來後，他就趴在床上繼續跟他們聊天。

「要是我的蝙蝠孵化出來，我會馬上寫信跟你們說！」靡克說，「要是你們有什麼消息，也要立刻跟我說喔！」

「我拼了命也會想辦法跟你說的！別擔心！」凱登笑著說。

「才剛剛結束一學年，就已經開始期待下一年了，對吧？」瓦多看著窗外即將消失的太陽。

凱登跟靡克也看著窗外。是啊，一年就像德樂米特說的，過得真快。明年，凱登在海佩斯特裡又會發生哪些事呢？還有，他是不是能打聽到更多關於他父母的事情？

www.ingramcontent.com/pod-product-compliance
Lightning Source LLC
Chambersburg PA
CBHW070504170726
48291CB00008B/2651